# ZAP!

IAN BOOTHBY

ILLUSTRATIONS DE NINA MATSUMOTO
MISE EN COULEURS DE DAVID DEDRICK
TEXTE FRANÇAIS D'ISABELLE ALLARD

Éditions
SCHOLASTIC

Aux véritables Charlie et August!
— Ian Boothby et Nina Matsumoto

Catalogage avant publication de Bibliothèque et Archives Canada

Boothby, Ian
[Sparks! Français]
Zap! / Ian Boothby ; illustrations de Nina Matsumoto ; texte français d'Isabelle Allard.

Traduction de: Sparks!
ISBN 978-1-4431-7380-3 (couverture souple)

1. Romans graphiques. I. Matsumoto, Nina, illustrateur
II. Titre. III.Titre: Sparks! Français

PN6733.B66S6314 2019 j741.5'971 C2018-904363-6



Édition publiée par les Éditions Scholastic, 604, rue King Ouest, Toronto (Ontario) M5V 1E1

5 4 3 2 1 Imprimé en Chine 38 19 20 21 22 23

Mise en couleurs de David Dedrick
Conception graphique de Phil Falco
Direction artistique de David Saylor

# CHAPITRE UN

Je suis une litière et voici mon histoire!

Depuis la nuit des temps, aucune créature n'a été plus aimée sur terre que le CHIEN héroïque!
Noble, fidèle, intrépide, respecté...
Contrairement au...
?

Il y a un BÉBÉ dans le puits!
AU SECOURS!
FAITES UN SOUHAIT!
OUIIIIINNN!

ZOUP!

VA-T'EN, VILAIN CHAT!
PAF!

Jettes-tu des pièces de monnaie sur le bébé?
Je souhaite qu'il sorte de là!

OUIN!
Pourquoi la police n'arrive-t-elle pas?
OUIN!
Quand as-tu appelé?

Je n'ai pas appelé. Je pensais que quelqu'un d'autre l'avait fait!
Où sont les parents?

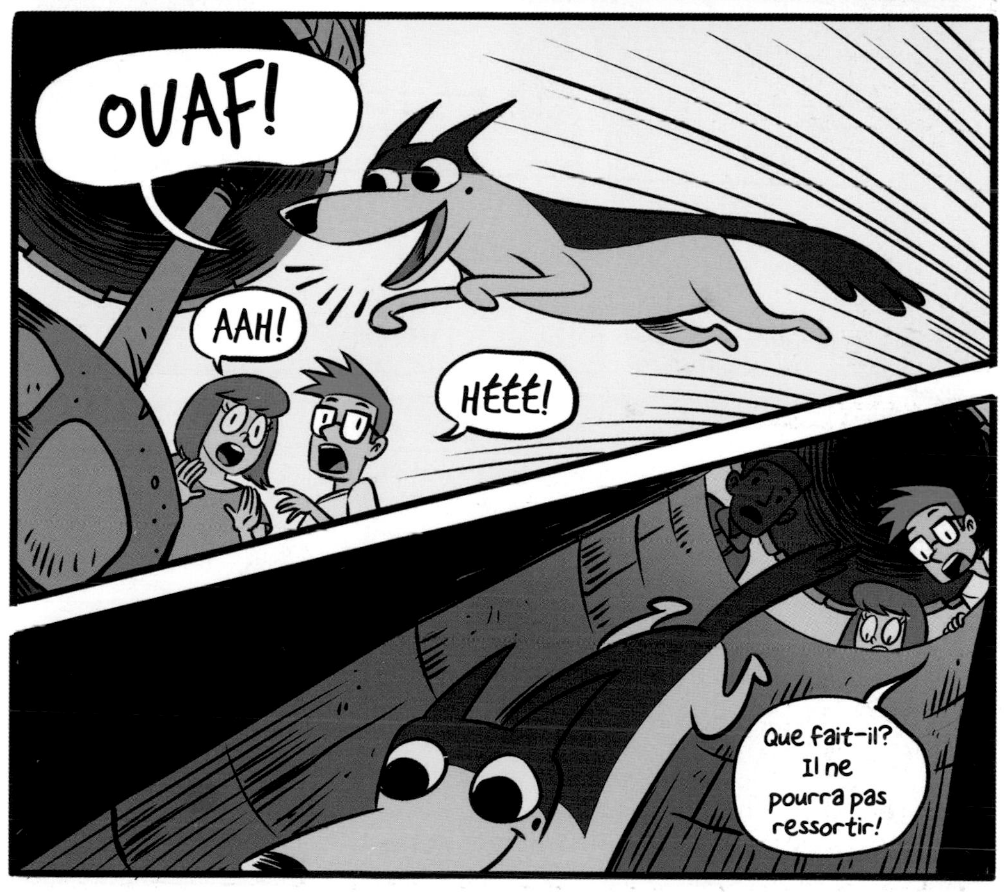
OUAF!
AAH!
HÉÉÉ!
Que fait-il? Il ne pourra pas ressortir!

PAM!
PAM!
PAM!
C'est incroyable!
Notre Princesse!
Merci de l'avoir sauvée!
ATTENDS! REVIENS!
Je suis de la chaîne 7! Quelqu'un a-t-il publié un message à propos d'un bébé dans un puits?
Tout va bien! Il est sorti maintenant!
OH...
C'est SUPER. On sera en direct dans TRENTE SECONDES... sans bébé dans le puits.

Un super chien l'a sauvé!
Vraiment? Un chien qui sauve un bébé! Ça, c'est intéressant!
Où est-il?

Il est parti.
Alors, quel est ce chien?
Aucune idée.

Il fera l'affaire. On tourne!

Ici Denise Dion sur la scène d'une tragédie qui a été évitée grâce à cet INCROYABLE animal.

GNAN

AAAAH! @&$!! RETIREZ CE CHIEN! Frappez-le à la tête, quelqu'un!
CHIEN HÉROÏQUE
Pourquoi on n'est pas restés, pour une fois?

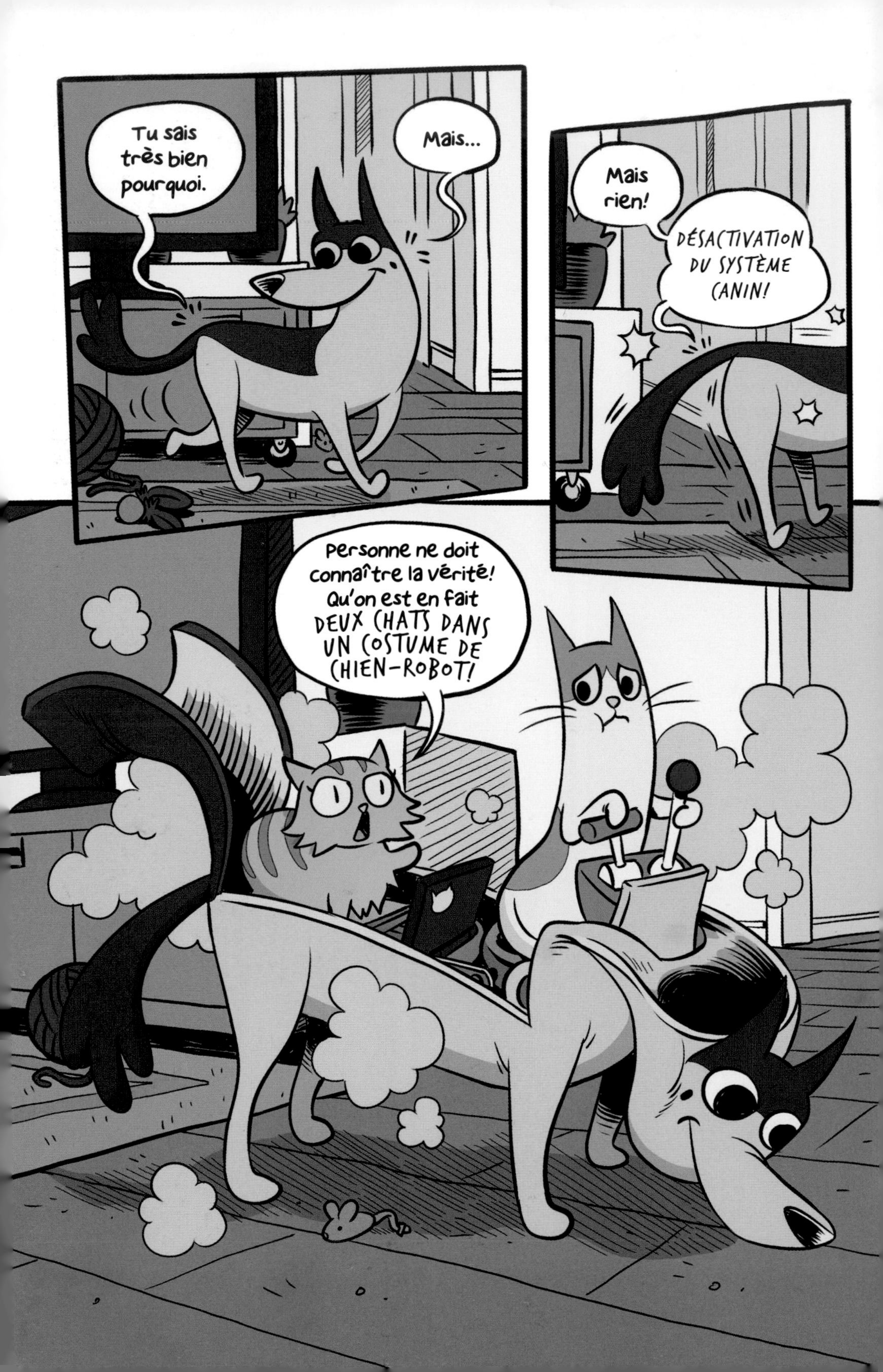
Tu sais très bien pourquoi.
Mais...
Mais rien!
DÉSACTIVATION DU SYSTÈME CANIN!
Personne ne doit connaître la vérité! Qu'on est en fait DEUX CHATS DANS UN COSTUME DE CHIEN-ROBOT!

As-tu besoin d'une minute pour absorber tout ça? Je comprends.
Ça va, maintenant? Bon...
VRRRR
VRRRR
POP
POP

Voici ma créatrice, Augusta! Elle a inventé le chien-robot, ainsi que la litière intelligente.
Aucun félin n'est plus brillant qu'elle!

Et voici Charlie, le pilote du chien mécanique. Aucun chat au monde n'est plus courageux!

Je vais dehors manger de l'herbe et vomir. Viens-tu?

Je blague! Reste dans ton salon, chatte d'intérieur!
STATISTIQUEMENT, ON VIT PLUS LONGTEMPS!

Je ne t'entends pas! Je suis trop occupé à gambader!
PFFF!

ma créatrice n'a jamais mis les pattes sur du vrai gazon.

Sauf une fois.

Une porte ouverte.

Une journée d'été.

Un peu trop de confiance.
SNIF SNIF

Et des choses dont elle ne parle jamais.

mais c'est du passé!

Nous sommes sur la scène d'un incendie qui menace la vie d'une famille, à l'intersection de Main et Broadway.
CHAÎNE 7
DERNIÈRE HEURE

IL Y A UN CODE CINQ!

FLIP
Une baleine échouée?

Non, ça, c'est... on n'a PAS de code pour ça!
On devrait. Les baleines sont super.

ACTIVATION DE LA CONFIGURATION CANINE!

ZZT
ZZZT
ZZZT
Ta QUEUE est dans mon VISAGE!
Désolé. Cette partie est toujours excitante!
CONFIGURATION CANINE TERMINÉE!

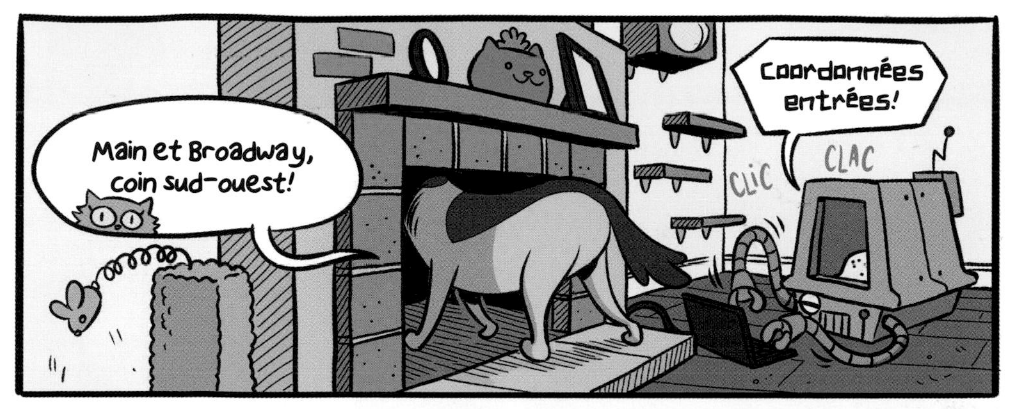
Main et Broadway,
coin sud-ouest!
Coordonnées
entrées!
CLIC
CLAC

VRRRRR...

PTOUUUU!

Qu'arrive-t-il à la famille?
Notre échelle ne monte qu'au sixième étage! Ces gens sont au huitième!
On essaie d'entrer par l'arrière, mais l'escalier est bloqué.
INCENDIE

PAM!
où sont-ils?
CRAAC
Les capteurs d'odeurs détectent quatre humains directement en dessous de nous!
Il faut descendre au plus vite! Que devrait-on utiliser? Des missiles? Des lasers?

Tu penses trop!
SCRICH SCRICH SCRICH SCRICH SCRICH SCRICH SCRICH SCRICH SCRICH SCRICH SCRICH SCRICH

Baissez-vous. Quelqu'un va bientôt venir. N'ayez pas peur!
Blottissez-vous et fermez les yeux!
Papa?

BAM!
Est-ce un chien pompier?
UN TOUTOU!
BA-BAM!
Non! Le couloir est dangereux!
JET DE MOUSSE!
Il éteint le feu!
SSSSSSSSSSSSSSSST...
Devrait-on empêcher les enfants de voir ça?

Une autre tentative ratée des courageux pompiers! Il semble qu'une tragédie soit survenue et...

BAM!
HÉ!

ILS VONT BIEN!
KEUF!
Où sont les ambulanciers? Vite!

Mais... où est le chien?
Quel chien?
Celui qui nous a sauvés!

Denise, ça va?
Oui, oui. Qu'est-ce qu'elle a dit?

On ne pourrait pas rester un peu? Recevoir quelques caresses, se faire dire « bon chien »?
Pourquoi poses-tu des questions dont tu connais la réponse?

D'accord, mais UN JOUR, on va rester!
!?
BAM!

MA FOURGONNETTE! As-tu vu ce que ce CHIEN a fait?
Quel chien?
Celui que TU NE FILMAIS PAS!

ENTRE-TEMPS...
Êtes-vous certains de ne pas vouloir aller à l'hôpital? Votre bébé a subi un traumatisme.
Ce n'est pas nécessaire, monsieur l'agent. Je suis médecin.
On est TOUS LES DEUX médecins.
POLICE

Je suis certain que cette chute était un accident, mais j'INSISTE pour que votre bébé soit examiné.

Juste par prudence.

Bien sûr.
Par prudence.

Je vais prévenir l'hôpital qu'on est en route.
Si vous voulez prendre quelques affaires pour le bébé...

Pourriez-vous tenir ceci en attendant?
Oui. Qu'est-ce que c'est?

?
POP
Un TROU NOIR TEMPORAIRE avec un rayon de trois mètres.

SSCHLURP!
NOTRE DOUX FOYER
Viens, princesse!

On est à la maison, maintenant. C'était une grosse journée!
FAMILLE
Vivez, riez, aimez

UNE JOURNÉE RATÉE!
Mais princesse...
Vous osez me CONTREDIRE? Il y a peut-être TROP longtemps que vous avez subi le PANTALON DE PERSÉCUTION!
NON!
BLIP
AAAAH AAAAH!!!
AAAAAAAAAH!!!
PITIÉ, VOTRE ALTESSE!

Je me suis mise en danger et j'ai envoyé un signal que SEULS LES CHATS peuvent détecter.
Alors, pourquoi est-ce un CHIEN qui m'a secourue?

Je ne sais pas ce qui s'est passé, Maîtresse. J'avais vérifié le signal.

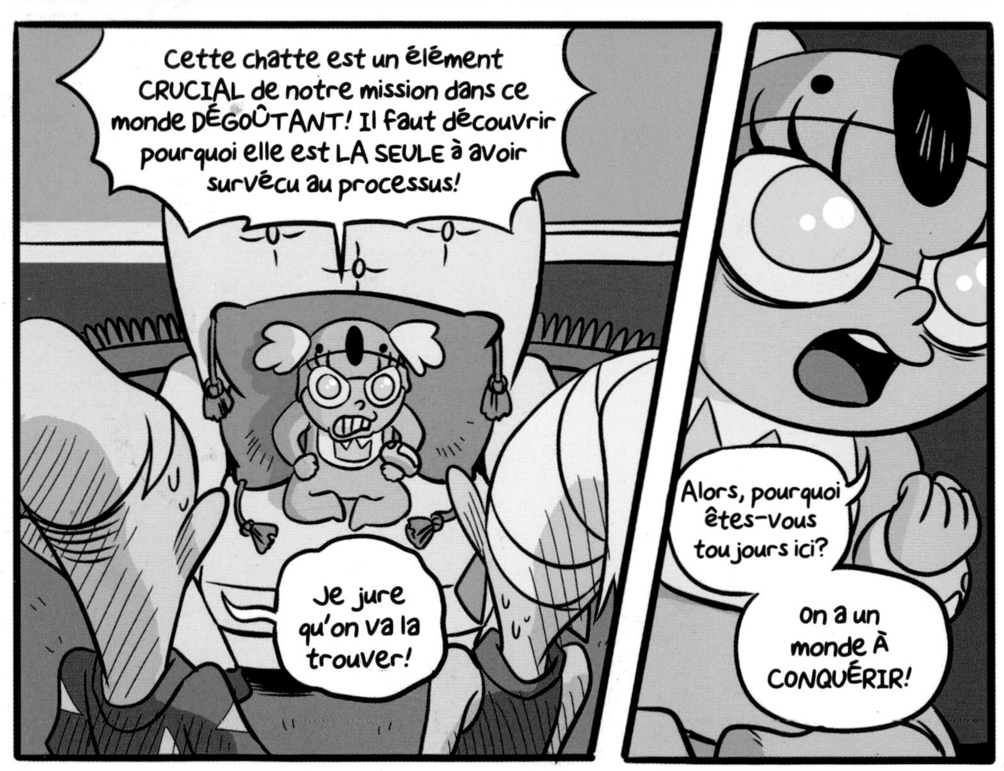
Cette chatte est un élément CRUCIAL de notre mission dans ce monde DÉGOÛTANT! Il faut découvrir pourquoi elle est LA SEULE à avoir survécu au processus!
Je jure qu'on va la trouver!
Alors, pourquoi êtes-vous toujours ici?
On a un monde À CONQUÉRIR!

Oui, Princesse.
Non, ATTENDEZ!
D'abord, CHANGEZ-MOI!

AMOUR
TOUJOURS

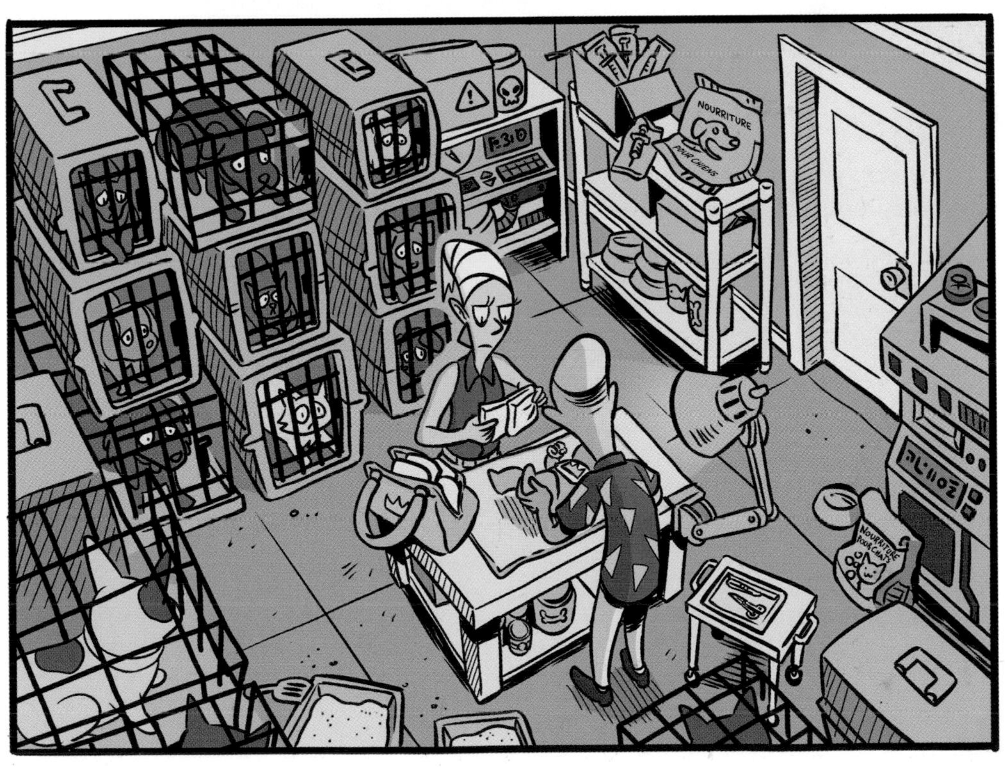
NOURRITURE POUR CHIENS
NOURRITURE POUR CHATS

# CHAPITRE DEUX

Salutations, ô parfaite et puissante Princesse. Avez-vous bien dormi?
Comment dormiriez-VOUS si vous deviez vivre comme un NOURRISSON BRAILLARD?

Je ne sais pas, Votre Altesse.
Aimeriez-vous reprendre votre VRAIE forme?

NON. On ne peut pas risquer de se faire démasquer si près de la réalisation de notre plan.

Toutes ces ANNÉES d'expérience ont mené à une chose!
À UN APPAREIL QUI PEUT CONTRÔLER TOUS LES ANIMAUX DE LA TERRE!

Les lapins sont arrivés avec votre déjeuner, Princesse!

De sales LAPINS?! Je vous ai dit que seules les COQUERELLES pouvaient toucher à mon biberon. Au moins, elles, elles se lavent!
Désolée, Princesse, je...

PANTALON DE PERSÉCUTION!
AAAAAARGH!

C'est un plan génial, Princesse. Mais pourquoi ne pas envahir maintenant? Le rayon de contrôle fonctionne!
TU...

C'est une BONNE question. Tu peux avoir un biscuit!
Oooh!

Un biscuit de **SUPPLICE!**
AAAAAAAH!!!

Les animaux obéissent à des suggestions de base, mais pour un contrôle TOTAL, ils doivent suivre une bête de leur PROPRE monde!
Un animal alpha. Fort et intelligent. Un MENEUR NATUREL!

En me mettant en danger sous cette forme innocente, je crois avoir trouvé cet animal!
CLIC
SAINS ET SAUFS
La famille a été secourue par ce qui semble être le même chien responsable de plusieurs actes héroïques dans la ville.

PORTRAIT-ROBOT
Je m'engage à en apprendre davantage sur ce chien casse-cou!

PORTRAIT-ROBOT
Ce dessin ne nous ressemble PAS DU TOUT!
Parfait!

Parfait?
Qu'est-ce que tu ne comprends pas dans « identité secrète »?

TOUT! Les gens aiment les héros. Pourquoi ne pas rester après un sauvetage et les laisser nous AIMER?

On ne peut pas faire confiance aux gens.

Mais...

ALERTE! ALERTE! UN BATEAU EST COINCÉ DANS UNE TEMPÊTE!
AAAH!
OUAH!
On est ICI. Tu n'as pas besoin de crier!
mais c'est amusant de crier!
ACTIVATION DE CONFIGURATION CANINE!
ZZZZT
Projette-nous sur les quais. J'ai un bateau là-bas.
Compris!
CLIC
CLIC
CLAC
PTOUUUU!

Super! C'est AMUSANT de conduire un bateau!
Tu es certaine que je ne peux pas sortir la tête un moment?
Pour la dernière fois, oui!
Oui, « OUI » ou oui, « NON »?
Oui, « NON »! Je veux dire non, « NON »!

BAOUM!
S.S. NORMAL
Je vois le bateau! Dis donc, c'est une grosse tempête!

Comment est ma perruque?
Superbe, Princesse!
Et nous?

ON SE FICHE DE VOTRE APPARENCE!

Les voici. La machine à tempête devrait maintenir les nuages en place!
Alors, trois, deux, un...
S'IL VOUS PLAÎT, SAUVEZ NOTRE BÉBÉ!
ON L'AIME TELLEMENT!
OUVUIINN!
S.S. NORMAL
ACTIVATION DU MODE BOND!
YOUPIII!
KABOUM!
Ne dis pas « youpiii! ». C'est sérieux!
Que se passe-t-il?
Ce chien a l'air de DISCUTER avec son arrière-train.
SILENCE!
J'ai dit youpi, pis après? HA! HA! J'ai dit youpipi!

Et Voilà! Un audacieux sauvetage!
Hé hé hé...
Ce bébé parle plutôt bien pour un... un bébé!
C'est étrange. Ce sera à vérifier une fois que la famille sera en sécurité.

MAINTENANT!
RAYON DE CONTRÔLE MENTAL ACTIVÉ!
WOMMMMM
AAAH!
OOOH!
OUI! Tu es sous mon contrôle et tu mèneras bientôt mon ARMÉE D'ANIMAUX!
Mais d'abord : ASSIS!

BOÏNG!
S.S. NORMAL
Pourquoi... n'es-tu pas assis?

KA BOUM!
Je ne comprends pas. J'ai réglé le rayon de contrôle mental à « chien » comme vous l'avez ordonné.

Ils sont bizarres.
Ils ont peut-être bu de l'eau de mer. Ramenons-les en sécurité sur la rive.

Le chien a sauvé cette famille!
YÉ!
Vous allez PAYER pour cet échec!
Mais, mais...
Bon, on y va!
Allons, encore une minute!

LE VOICI! LE CHIEN HÉROS! Naoko, commence à filmer!
Je dois juste mettre une autre carte mémoire.
CHAÎNE
on s'en va!
NON! Pour une fois, on fait ce que je veux!

Ah ouais?
Ouais! Tu ne peux pas conduire ce truc sans moi. JE suis le pilote!

Neutralisation d'urgence. Mot de passe : croc deux trois zéro!
CLAC
QUOI?
CLAC
CLAC
CLAC
CLAC
MOT DE PASSE
*****_

ZOUM
?!

Qu'est-ce...
AAAAAH!
ZIP
PLOUF

Bon, je suis prêt à filmer!
GRRR!

PRENEZ GARDE
Je veux juste vous rappeler, Princesse, que je n'ai rien fait de mal.
SILENCE!
Il y a un élément que je ne comprends pas.

Quoi donc, parfaite Princesse?
Quand j'étais près du chien, j'ai entendu deux voix.

DEUX? Normalement, les chiens terrestres n'en ont pas, hein?
Pas que je sache.

Le plus étrange...

C'est qu'il sentait...
LE THON!

Un autre exploit héroïque! Qui veut manger?
thon
thon

Qu'y a-t-il? Je sens une tension.
Je suis TRÈS douée pour interpréter les signes subtils.

J'ai fait ce que je pensais approprié.

Penser, c'est TON truc! LE MIEN, c'est l'action! Je suis le pilote! Quand on est dans le costume, c'est MOI qui décide!
Si tu peux le conduire, c'est parce que JE l'ai construit!

Me traites-tu d'idiot?
Bien sûr que non.

Juste pas aussi brillant que MOI.
Ce n'est pas une insulte, c'est la vérité.

Bon, si ça ne te dérange pas, je vais DEHORS. J'espère trouver la porte moi-même...

BONK
Non, c'est un mur!
Que je suis bête!

Est-ce de la NOURRITURE?
Lâche ce savon.

ARRÊTE! Tu n'es PAS bête.

Juste assez pour croire que ma partenaire me faisait CONFIANCE.

FLAP
FLAP

Au moins, vous avez sauvé cette famille!
Regardons la télé pour nous détendre.
CLIC
DENISE DION

Le chien héros a encore sauvé une famille...
Et voilà!

OU PAS!
QUOI?
QUOI?

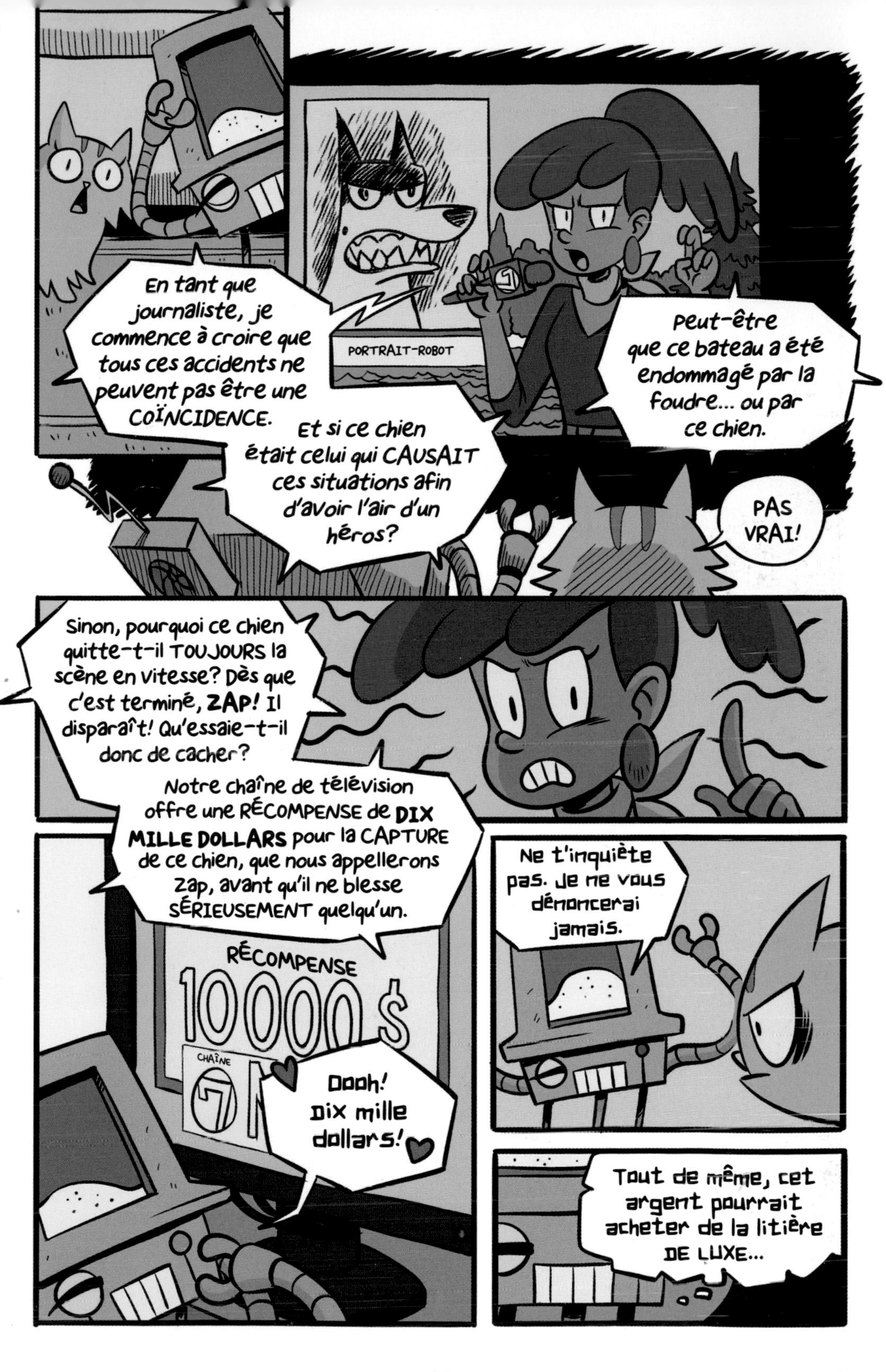
En tant que journaliste, je commence à croire que tous ces accidents ne peuvent pas être une COÏNCIDENCE.
PORTRAIT-ROBOT
Peut-être que ce bateau a été endommagé par la foudre... ou par ce chien.
Et si ce chien était celui qui CAUSAIT ces situations afin d'avoir l'air d'un héros?
PAS VRAI!
Sinon, pourquoi ce chien quitte-t-il TOUJOURS la scène en vitesse? Dès que c'est terminé, ZAP! Il disparaît! Qu'essaie-t-il donc de cacher?
Notre chaîne de télévision offre une RÉCOMPENSE de DIX MILLE DOLLARS pour la CAPTURE de ce chien, que nous appellerons Zap, avant qu'il ne blesse SÉRIEUSEMENT quelqu'un.
RÉCOMPENSE
10 000 $
CHAÎNE
7
Oooh! Dix mille dollars!
Ne t'inquiète pas. Je ne vous dénoncerai jamais.
Tout de même, cet argent pourrait acheter de la litière DE LUXE...

# CHAPITRE TROIS

monsieur Charlie? mademoiselle Augusta?
Je sais que vous ne vous parlez pas en ce moment.

Et je respecte ça. Vraiment. Je veux juste faire une petite suggestion.

Quand je suis fâchée, il y a une chose qui m'aide toujours.

UNE SOIRÉE DE DANSE!
QUEL RYTHME!
OH YEAH!
ALLEZ! REMUEZ-VOUS!

SCRIIIIICH!
YOINK
HÉ! Ce sont des disques rares!
YOINK

Bon, vous ne voulez pas danser.
Que diriez-vous d'une soirée pizza? d'une soirée pyjama? d'une soirée toilettes portatives?

C'est le genre de soirée qui plairait aux litières.
S'il y avait plus d'une litière parlante dans le monde...

Très bien, je sais quand je suis de trop. Si vous voulez bouder, allez-y!
mais vous devriez essayer de vous rappeler pourquoi vous êtes devenus amis...

Ne bouge pas. C'est l'heure de la première injection de la journée.
Ça ne fera pas mal.

Non, attends. C'est la NOUVELLE formule.
Ça va faire TRÈS mal.

Félin C s'est enfui.
Quoi? COMMENT?

Peu importe. Trouve-le avant que notre chef s'en aperçoive.

Ce serait le bon moment pour nous sauver.
Quoi?

Nous échapper. Fuir. Déguerpir! À moins que tu N'AIMES tous ces tests!

Non. Je... je veux rentrer chez moi.

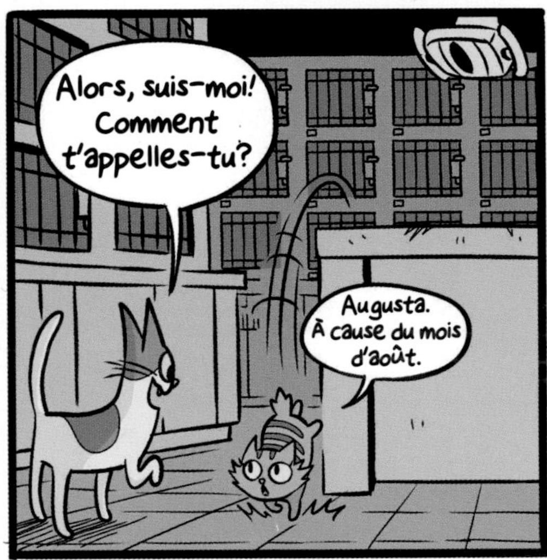
Alors, suis-moi! Comment t'appelles-tu?
Augusta. À cause du mois d'août.

Ton nom est inspiré d'un mois? Bizarre. Je m'appelle Charlie.

Ma maman a eu douze chatons, alors on a tous été nommés...
Ne me raconte pas l'histoire de ta vie. Trouvons plutôt la sortie!

Elle est là, mais...
Je peux sauter pour l'ouvrir!
NON! Il y a une ALARME!
Comment le sais-tu?
Ces fils! Je sais à quoi ils servent.
Je comprends plus de choses depuis que je suis ici.
Si tu peux les couper avec tes griffes, ça va arrêter l'alarme.
Je m'en occupe!

YOINK!
JE VOUS TIENS! Vilains minous!
MIAOUUU
Non!

BAM! BAM!
Comme punition, on aura quelques tests de plus. Et après? Ça valait la peine d'essayer.
Ne me parle pas.

C'est l'heure du repas!
Et si quelqu'un a besoin de faire caca, je suis là!

Oh! De la NOURRITURE! J'aime manger!

Quand elle ouvrira la cage, distrais-la. J'en profiterai pour m'enfuir.
Non.

Non?
Je ne veux plus de problèmes.

Mangez.

LE LENDEMAIN...
Et si...
Non.

LE SURLENDEMAIN...
Si on...
Non.

LE JOUR SUIVANT...
Je...
Non.

LE JOUR SUIVANT...

SLURP
SLURP
SLURP.

Ça va?
Qu'est-ce que ça peut te faire?
Qu'est-il arrivé?
Ils m'ont blessé à la patte pour voir si je guérissais vite.

C'est l'heure du repas! Si quelqu'un veut faire caca, je suis là!
HOURRA! Bravo pour LA BOUFFE!

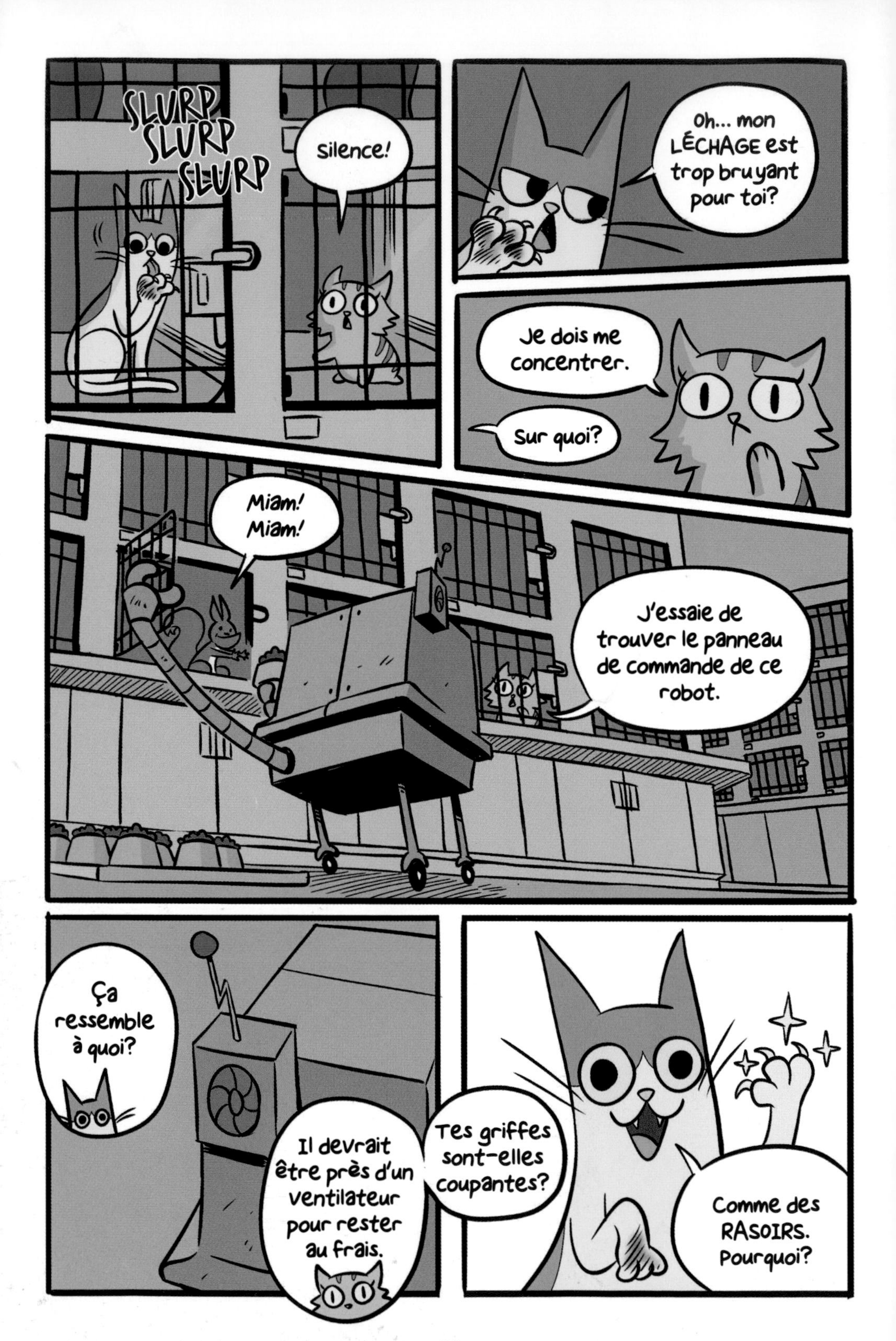
SLURP SLURP SLURP
Silence!
Oh... mon LÉCHAGE est trop bruyant pour toi?
Je dois me concentrer.
Sur quoi?
Miam! Miam!
J'essaie de trouver le panneau de commande de ce robot.
Ça ressemble à quoi?
Il devrait être près d'un ventilateur pour rester au frais.
Tes griffes sont-elles coupantes?
Comme des RASOIRS. Pourquoi?

mangez.
ATTENTION! DERRIÈRE TOI!
Qu'y a-t-il derrière moi?
Tourne-toi et regarde!
Je ne vois rien.
?
C'est là! Enlève le devant.
TCHAC
TCHAC
POP!
Arrête! Si je sentais la douleur, ce serait très douloureux!

AAAAAAAAAH!
Tu es FOLLE!
Je RESPECTE ça!
As-tu l'autorisation d'être là-dedans?
OUI! On m'a demandé de réparer tes... hum... MICROBITS!
Vas-y, alors.
Je cherche les bons fils.
Attends! Tu ne répares pas mes microbits. Je n'en ai même pas! Ça n'existe pas!
Je dois sonner l'alarme!
NON!

JE DOIS...
JE DOIS...
...
Je dois vous servir, mes nouveaux maîtres.
Bien!
Libère TOUS les animaux!
J'écoute et j'obéis. Aussi, si vous voulez faire caca...
Ça va, merci!
Vous auriez pu attendre APRÈS le souper.
Je dois dire que c'était génial! Sortons d'ici!

LABO
Que se passe-t-il ici?
!
OH NON! Pas ça!
NON! PAS ÇA!
TCHAC
AAAAAH! MA JAMBE!
Ouais, regarde donc si tu guéris vite!
Enferme-les!
Que fais-tu? Tu es à notre service!

Notre chef va être FURIEUX!
LAISSEZ-NOUS SORTIR! REVENEZ ICI!

Veux-tu monter avec moi?
Non, ça va.

OUILLE!

Bon, juste pour un instant.
YOINK

NORMAL LABORATOIRES
Pourquoi emmènes-tu ces combinaisons?
Comme trophées.

Je vais regarder la télé.
Comme tu veux.

Ça a l'air bon. Un documentaire sur la nature!
Non, regardons un film d'action violent.

Un documentaire!
Un film d'action!

Oh mon Dieu! Ce lion vient de manger un zèbre!
Continuons de regarder.

La journaliste nous appelle « Zap », maintenant.
Vraiment? C'est un super nom!

Est-ce normal que cette émission me donne faim?
Les collations s'en viennent!

ROOAR
BRAVO, ZAP!
ON T'AIME, ZAP!

Merci d'avoir sauvé la ville des griffes de ce dinosaure. Voici une médaille pour ton héroïsme. Tu es un BON CHIEN!
HÔTEL DE V

BONJOUR!!
KSSSHHHSSS!

# CHAPITRE QUATRE

Oh! Je t'ai fait peur?
Pardon! Pardon! Pardon!
Tu es l'écureuil du LABO!

Tu te souviens de moi? Super! Mes amis m'appellent Stef!
Mais pourquoi es-tu...

UN INTRUS!
Non, ça va! Je le connais. Enfin... un peu.
HÉ! Tu es ce truc du labo qui nous donnait de la bouffe et qui nous laissait faire caca.

OUAAAH!
Stef?
LA VOILÀ! La chatte SURDOUÉE!
Que fais-tu ici? Comment nous as-tu trouvés?

Quand vous nous avez libérés, je suis retourné vivre dans le parc.
J'ai ramassé des noix, j'ai caché des noix, j'ai mangé des noix. Des trucs d'écureuil, quoi!
Un jour, j'ai vu un bébé se faire remonter d'un puits.
Je m'ennuie facilement, alors un peu d'excitation, c'est... excitant!
J'ai suivi le chien qui avait sauvé le bébé...

Et finalement, c'était vous deux! Mes VIEUX COPAINS du labo!

Tu ne dois le dire À PERSONNE.
Motus et bouche cousue! Je serai muet comme une carpe! Vous pouvez compter sur ma discrétion!
Ne vous inquiétez pas, je ne suis pas bavard.

De toute façon, comme vous sauvez les gens, j'ai pensé vous mettre au courant d'un truc.
Quoi?
J'ai oublié. Je l'avais sur le bout de la langue... Allez, Stef, réfléchis!
Oh! C'est ça!

Une **TORNADE** se dirige vers l'école!

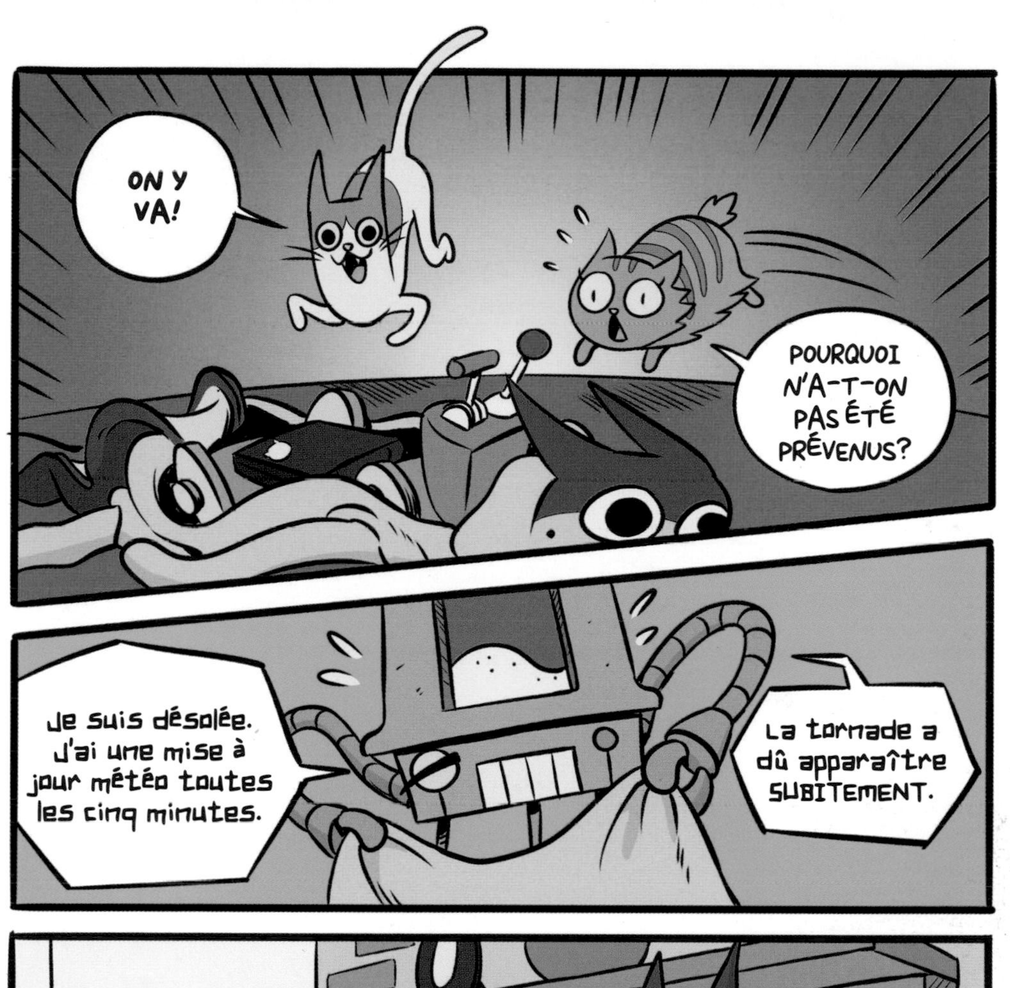
ON Y VA!
POURQUOI N'A-T-ON PAS ÉTÉ PRÉVENUS?
Je suis désolée. J'ai une mise à jour météo toutes les cinq minutes.
La tornade a dû apparaître SUBITEMENT.

Je peux venir avec vous?
NON!
OUI! MONTE!
RÉGLER CIBLE

PIOUUU
YAHOUUUU! oh! C'est super!
CRAAAC!
Les élèves ont été évacués vers cet autobus scolaire.
ÉCOLE PRIMAIRE SCHRÖDINGER
AUTOBUS SCOLAIRE
Au moins, une bonne nouvelle!
NON, ATTENDEZ!

RRROAAAAAARRRRRRRRR
On dirait que la tornade suit l'autobus!
RRR...
AAAAAAAH!!

Qu'est-ce qu'on fait?
Je vais te dire ce qu'on ne fera PAS : rester ici à ne RIEN faire!
Attends, peut-être que...
AAAAAAAAH!
Elle est derrière nous!
JE SAIS! NE PANIQUEZ PAS! TOUT IRA BIEN!

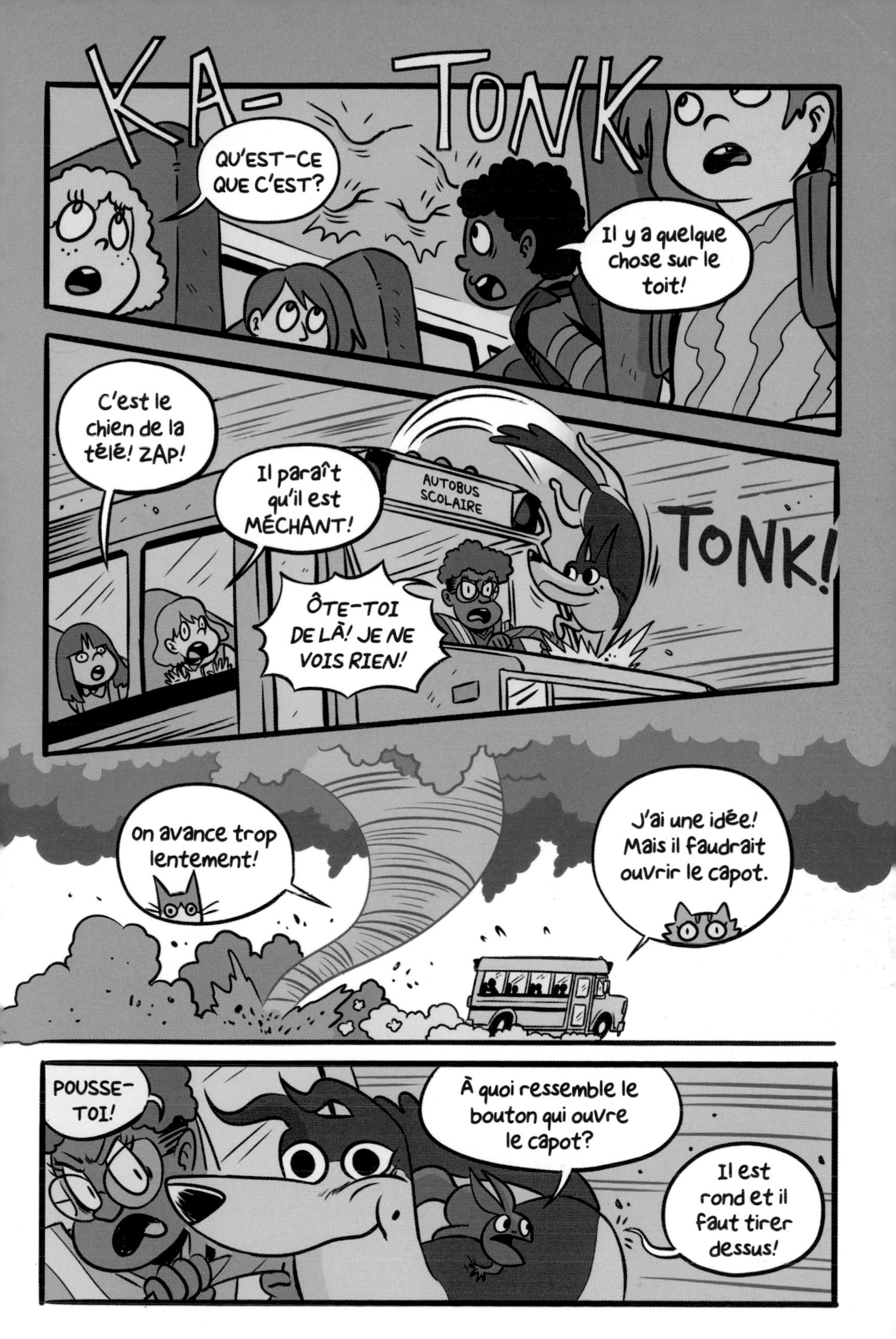
KA-TONK
QU'EST-CE QUE C'EST?
Il y a quelque chose sur le toit!
C'est le chien de la télé! ZAP!
Il paraît qu'il est MÉCHANT!
AUTOBUS SCOLAIRE
TONK!
ÔTE-TOI DE LÀ! JE NE VOIS RIEN!
On avance trop lentement!
J'ai une idée! Mais il faudrait ouvrir le capot.
POUSSE-TOI!
À quoi ressemble le bouton qui ouvre le capot?
Il est rond et il faut tirer dessus!

BON, DANIEL, PAS DE PANIQUE. IL Y A UNE TORNADE DERRIÈRE TOI ET UN CHIEN MÉCHANT SUR LE CAPOT, MAIS TU ES CAPABLE.

Qu'est-ce...
Tu ne parles sûrement pas le langage des écureuils, mais « pardon »!

CLONG!
NON!
OUI!

SCOLAIRE
Il faut hypercharger ce moteur!
BIEN SÛR que oui.
Que veux-tu dire, au juste?
Il faut relier le moteur à la pile hyperchargée du costume de chien. Ça ne marchera que quelques secondes, mais...
CRAC!
AAAAAAAH!
OUI, OUI! DÉPÊCHONS!
Tu dois couper le costume sous la poitrine avec tes griffes.
TCHIC

Sors du chien et attache les fils bleu et rouge où je t'indiquerai.
C'est toi qui devrais faire ça!

Non. Je... ne peux pas.

Bon!
Ouverture de la tête!

Et si quelqu'un me voit?
On est cachés. Maintenant, prends les fils et...

Du calme, les enfants. Mes amis savent ce qu'ils font.

Scrich! Couiiic! Couiiic! Scrich!

Je ne sais pas ce que je fais! Et je viens de me rappeler que je suis DALTONIEN! Je ne sais pas ce qui est bleu ou rouge!

Branche-les à ce qui ressemble à un moteur.

LA TORNADE!
OH NON!
AUTOBUS SCOLAIRE

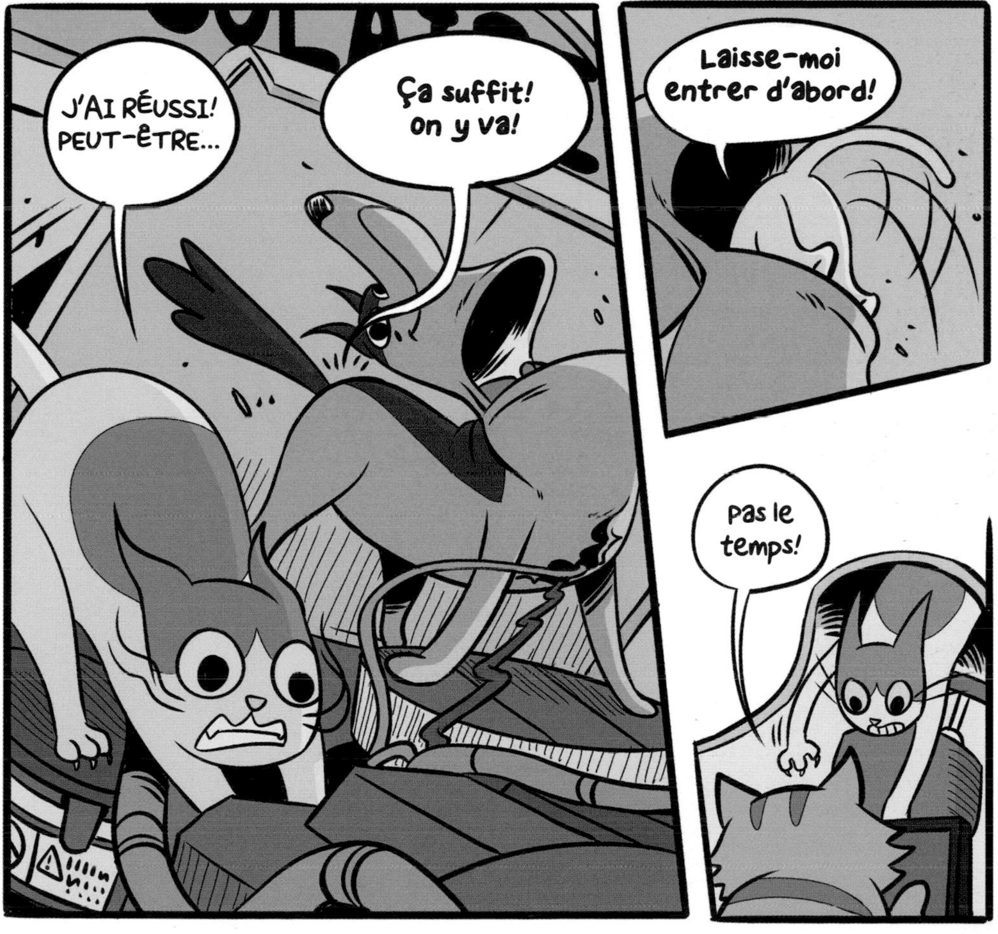
J'AI RÉUSSI! PEUT-ÊTRE...
Ça suffit! on y va!
Laisse-moi entrer d'abord!
Pas le temps!

AAAAAAAH!
VROOOUUUM!
AUTOBUS SCOLAIRE
AAAAAAH!
PONT BRISÉ

BAM!
AUTOBUS SCOLAIRE
SCRIIIII
POC!
AAAAAAH!
AUTOBUS SCOLAIRE
BOUM

Tout le monde va bien?

MOI, OUI!

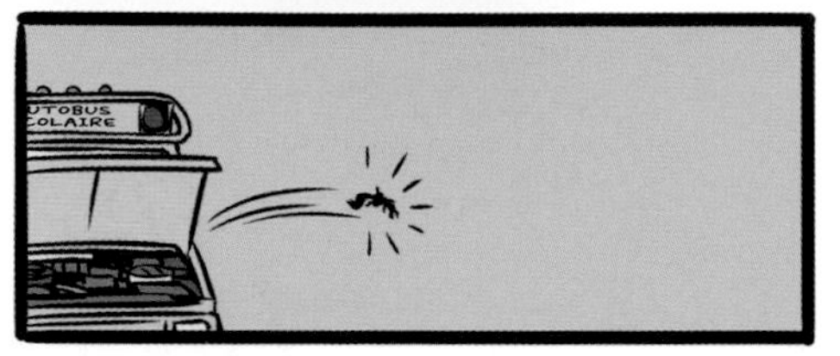
AUTOBUS SCOLAIRE

Je ne vois pas la tornade!
On l'a évitée, mais notre réserve d'énergie est épuisée. Pas de course ni de sauts.

Belle journée pour marcher. Est-on loin de la maison?
Selon mes calculs, quatre-vingt-dix kilomètres.
PONT FERMÉ

Quoi? Je vais demander au chauffeur de bus de nous emmener.
Certainement pas! HÉ! As-tu vu Stef?

Votre tornade a parfaitement fonctionné, Princesse.
Êtes-vous contente?
Si je suis CONTENTE?

Pour une fois, oui.

Et voici l'élément le plus important de mon plan!

Bonjour, Stef!
Salut, patronne!

# CHA ITR CINQ

Mouillé!
Encore! On vient de te changer!
Non! Regarde!
CRAC
BARRAGE
Mouillé!

Donne-moi Aneesa!
on ne pourra jamais courir assez vite!

Hein?
Quoi?

AAAAAAAH!!
HA! TOUTOU!
Tenez-vous bien!

AUGMENTE LA VITESSE!
J'essaie, mais je n'ai pas les pièces pour réparer ce qui a été abîmé par la tornade.
HÉ! Les amis! L'eau arrive!
Dois-je mordre ces gens pour qu'ils lâchent prise et qu'on puisse se sauver?
NON, stef!
Est-ce que le postérieur du chien miaule?
AAAAAAAAAAAAAAAAAA
YAHOUUU!

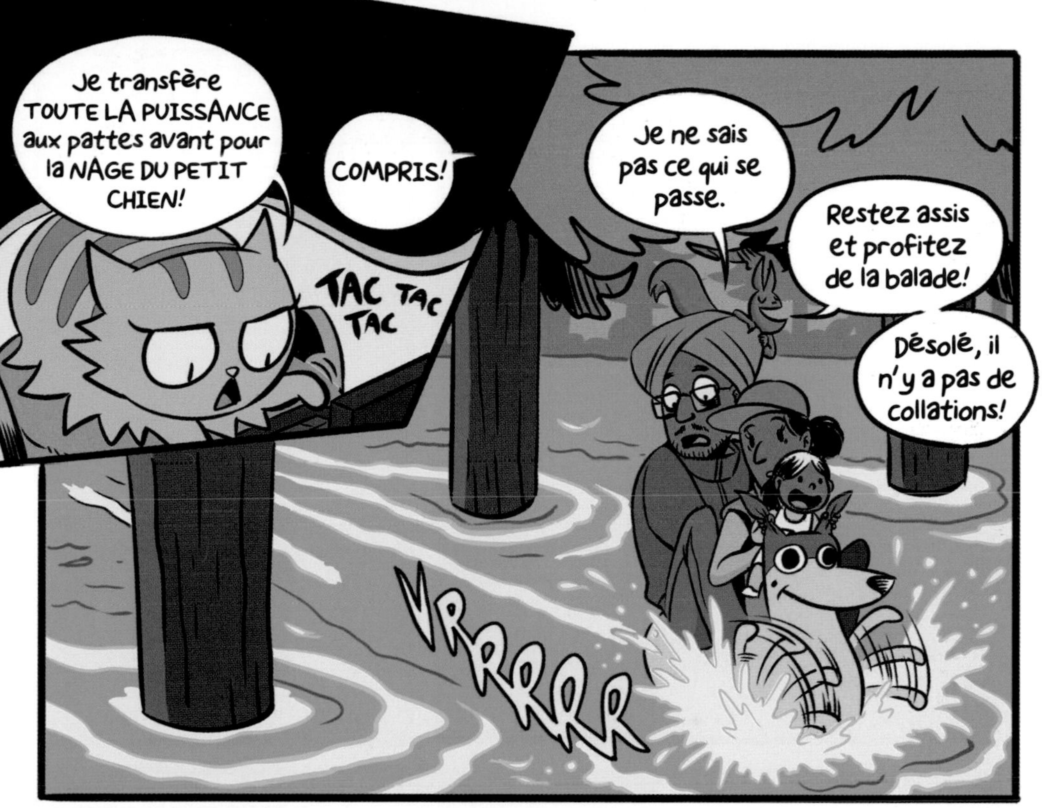
Je transfère TOUTE LA PUISSANCE aux pattes avant pour la NAGE DU PETIT CHIEN!
COMPRIS!
TAC TAC TAC
Je ne sais pas ce qui se passe.
Restez assis et profitez de la balade!
Désolé, il n'y a pas de collations!
VRRRRR

On est sauvés!
FRRRT
FRRRT
FRRRT
HÉ! ATTENTION!

Merci beaucoup!
Pof Pof

Tu vois? Il n'y a rien de mal à rester un peu pour se faire...

TAC!
OUILLE! QU'EST-CE QUE...

C'EST LUI! Le chien que la journaliste a accusé de causer tous ces accidents!
Il a probablement ROMPU LE BARRAGE!
Quels propos À LA NOIX!
Et je connais les noix!

Attrapez ce chien! Il y a une récompense de DIX MILLE DOLLARS!
L'écureuil aussi! Il a l'air louche!
TOUJOURS content d'avoir rencontré tes « fans »?
ATTENDEZ! Ce chien nous a SAUVÉS!
Vraiment? ou a-t-il fait SEMBLANT?
BON CHIEN!
Je l'espère, ma chérie.

Je connais cette forêt. Tournez à droite. On sera en sécurité.
Ou est-ce à gauche?

Le voilà!
Il est coincé! Appelez la police!

PAF!
Pas de problème. On peut sauter sur cet arbre et...
HÉ! Était-ce une BRIQUE?
Brique ou pas, elle a cassé le panneau de commande!
HOLÀ! On veut ATTRAPER le chien, pas le BLESSER!
Qui a lancé ça?
Ouais, qui? Quelle honte!

Les pattes arrière sont bloquées.
Je peux bouger les pattes avant, mais pas assez pour courir.
Il faut ABANDONNER le costume de Zap.
NON!
Je ne peux PAS aller dehors. Il y a de la terre et... de L'HERBE!
Je sais que tu as peur, mais...
J'AI DIT NON!

Que fait-il? Va-t-il exploser?
J'espère que non! Je ne veux pas de morceaux de CHIEN sur mes nouveaux vêtements!
VRRRRR
Est-ce qu'il va bien?
On dirait un ballon dégonflé.

CE N'EST PAS VRAI! CE N'EST PAS VRAI!

Vous avez
des vies très
excitantes,
vous deux!

Laissez-moi passer. Je suis vétérinaire.
Inutile. on est du service de contrôle des animaux.

Vous n'en avez pas l'air.

Ce rayon va te convaincre que oui.

TOUT VA BIEN. ILS TRAVAILLENT POUR LE SERVICE DE CONTRÔLE DES ANIMAUX.
Je ne sais pas pourquoi on ne contrôle pas l'esprit des GENS plutôt que les animaux.
Demande-le donc à Princesse en rentrant.

Je vais rapporter le costume.
D'accord.

ZOUP
Nous voici à la maison.
Tu peux me lâcher, maintenant.

TU M'AS SORTIE DE FORCE DU COSTUME.
Pour te sauver LA VIE!

J'avais dit non. Tu m'as obligée à aller dehors.
Ce n'était pas si mal, non?

Quoi?

Ah... tu vas te cacher sous le canapé?
Très MALIN!

Va-t'en. Et ne reviens pas.

Je...
Hé! Cette minette a besoin d'être seule!
Je connais un endroit où tu peux attendre que la poussière retombe.

Mais...
Fais CONFIANCE à Stef! Elle a juste besoin de TEMPS.

Viens!

Tu vois? Regarde! C'est un couple avec un enfant et ils ADOOOORENT les chats errants.

BIENVENUE DANS TA NOUVELLE MAISON!

# CHAPITRE SIX

Tout a commencé quand je les ai ramenés à la maison après le labo. J'ai dû me faufiler dans les ruelles, car je suis un robot et, apparemment, les humains auraient réagi bizarrement.
Je peux trouver un endroit où rester, tu sais.
Je suis sûre que les membres de ma famille accepteront que tu restes chez nous. Ils sont si gentils! Ils sont...

partis.
À VENDRE

Il s'était écoulé presque un an depuis l'enlèvement, et la famille d'Augusta avait déménagé.
Non! Leurs meubles sont encore ici. Pourquoi seraient-ils partis?
Désolé, mais les gens sont comme ça. Ils nous abandonnent.

J'ai essayé de la RÉCONFORTER.
Veux-tu manger ou faire caca?

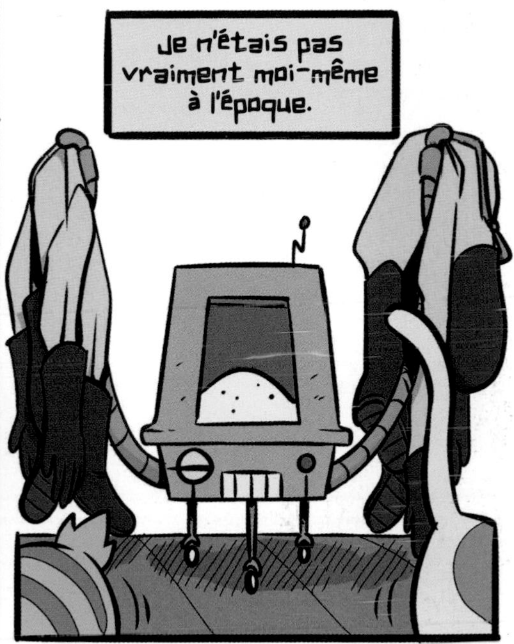
Je n'étais pas vraiment moi-même à l'époque.

Une nouvelle famille va bientôt emménager ici. On ferait mieux de partir.
NON! C'est ma MAISON!

Je comprends, mais que peux-tu faire?

Tu n'es qu'une CHATTE!

Oui, elle n'était qu'une chatte,
mais la chatte la plus INTELLIGENTE du monde.
Que fais-tu?
J'ouvre un compte en banque.

C'est pour mettre de l'argent, hein? où vas-tu trouver de l'argent?
TAC TAC TAC
J'ai déniché du matériel de sport dans le placard. Des bâtons de golf et de l'équipement de hockey. Je vais les vendre en ligne.

Augusta a utilisé cet argent pour jouer à la Bourse. Quelques jours plus tard, elle avait assez d'argent pour...
Z

L'agent d'immeubles a accepté mon offre!
Tu es CERTAINE que tu n'appartiens pas à une sorcière?

Augusta est devenue le premier félin à acheter sa propre maison.

Quelqu'un vient de déposer une boîte de nourriture pour chats près de la porte.
Je l'ai fait livrer! Peux-tu la rentrer?

Pourquoi ne le fais-tu pas?

Je ne sors pas dehors.

Mais...
JE DORS!

Augusta a même eu le temps d'apporter des améliorations à ma personnalité.
C'est mieux?

JE DOIS DÉTRUIRE TOUTE LA VIE SUR TERRE!

Je blague! merci pour la mise au point!
Qui veut manger?

Tout était pratiquement parfait.
Du thon?
Oui.
Oui, s'il vous plaît!

Et parfaitement ennuyant.
Je m'ennuiiiiiiie!
Moi aussi.

CLING!
Qu'est-ce que c'est?
On dirait que ça vient de chez les voisins.

CLONK
Mais ils sont en vacances.

Silence, voyons!
Ils se font cambrioler!

Où vas-tu?
Les arrêter.
La petite fille qui vit là est très gentille. Parfois, elle me brosse!

JE VAIS T'AIDER!

Comment? Tu ne vas pas dehors!

Je vais porter quelque chose pour ne pas toucher le gazon.
Tu veux être un chat botté? VRAIMENT?

Non, je...

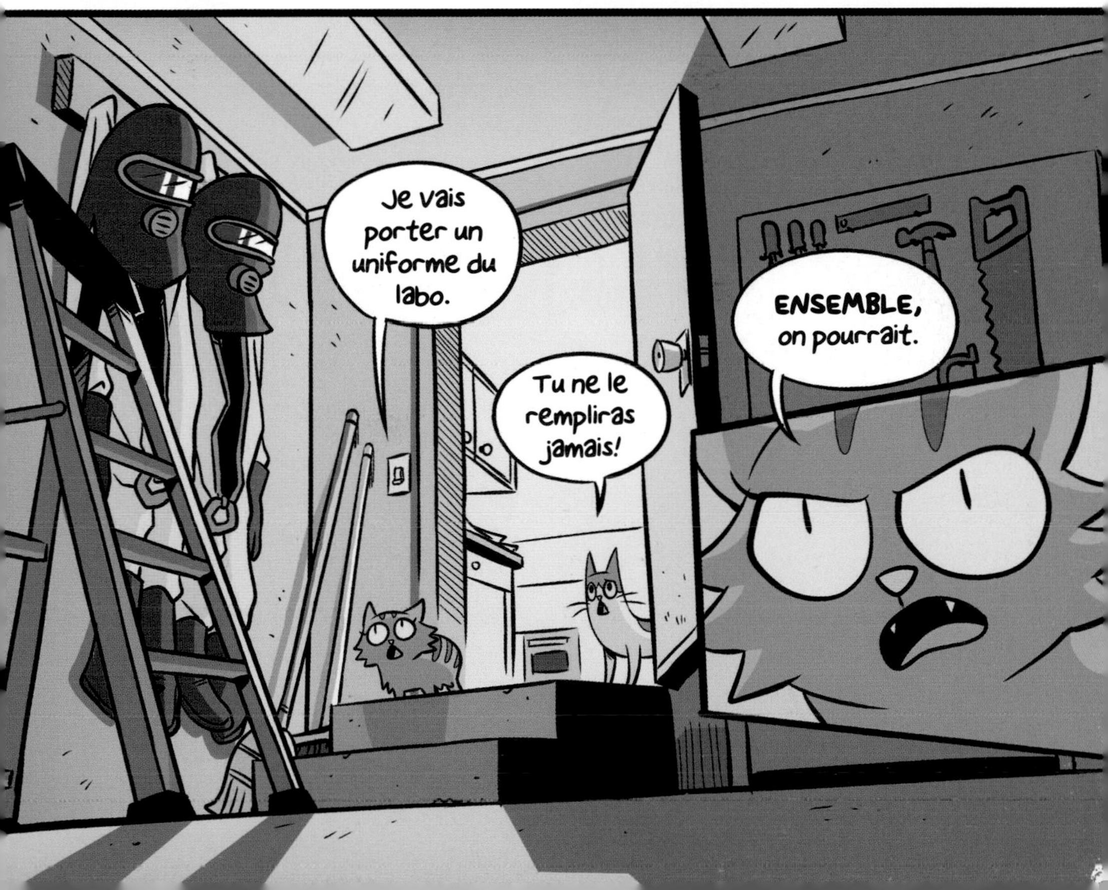
Je vais porter un uniforme du labo.
Tu ne le rempliras jamais!
ENSEMBLE, on pourrait.

Bon, partons d'ici.
Cette fillette a des trucs de valeur! Ce sont TOUTES les éditions spéciales de Mon joli poney! Il y a Blouson bleu, Princesse Prisme, Clin-d'œil...

QUOI? C'est une émission de QUALITÉ! Les dessins animés ne sont pas que pour les enfants. Il y a des personnages adultes, un message sous-jacent et...

AAAAH!

C'est quoi ça?
TON PIRE CAUCHEMAR!
Je ne pense pas que ça va marcher.

Ce truc vient de miauler.
Y a-t-il des CHATS à l'intérieur?

Cours vers eux!
Quoi?

HOLÀ!
HÉ!
AAAAAH!

Je me fiche de ce que c'est! Je vais lui flanquer un COUP DE PIED!
PAF!
AAAAH! ENLÈVE-LE! ENLÈVE-LE!
JE L'AI!

Ça suffit! Il faut que ça FINISSE!
Je suis d'accord. Votre heure de dodo est dépassée. DORMEZ!
ZZZZZAP!
Litière?
Ils sont juste assommés. J'ai téléphoné à la police. Elle va arriver bientôt.
HOOU HOOU!
Et par bientôt, je veux dire MAINTENANT! montez!
OOOOOOH!
POLICE

Le labo m'a conçue pour tout assommer, d'un hamster à un éléphant. J'ai dû le faire là-bas... plusieurs fois.
Tu peux ASSOMMER les gens? Je ne t'ai pas programmée pour ça.

Merci. Tu as été géniale!
Je n'aime PAS faire du mal. Je n'avais pas le choix avant, et je ne pense pas que j'avais le choix ce soir. Mais je ne veux PLUS JAMAIS blesser un être vivant.
On ne te le demandera jamais.
On a failli mourir.
Oui.
C'était très amusant.
Je sais, hein?

J'ai passé tellement de temps à essayer de sauver MA PEAU au labo! Ça fait DU BIEN d'aider quelqu'un d'autre.

Alors, recommençons.

Mais pas dans ce costume. Il est horrible.

Un costume n'est pas une mauvaise idée. Je peux sortir. Personne ne saura que c'est nous.

Et si on en faisait un costume de chat?
AAAAAH! HIIII!
Les gens auraient peur en voyant un chat géant. Ils penseraient que c'est un TIGRE.
Quoi D'AUTRE alors?
PUBLICITÉ
UNE BONNE IDÉE
CHIEN HÉROS
Quoi?
???
Quoi?

ZZZZZ

Terminé!
Hein?

C'est, euh... très plat.

Litière, peux-tu envoyer une petite décharge électrique dans le costume pour faire redémarrer la pile?
Je peux participer? SUPER!

ZAP!

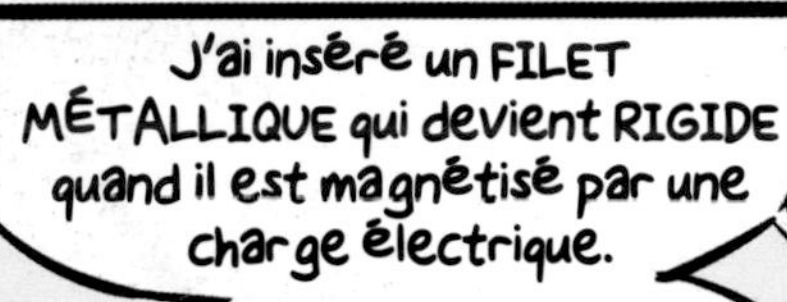
J'ai inséré un FILET MÉTALLIQUE qui devient RIGIDE quand il est magnétisé par une charge électrique.
Tu seras le pilote et je contrôlerai les fonctions secondaires grâce au panneau de commande.

Ça alors!

La pile hyperpuissante interne multipliera notre force et notre vitesse. Il y a une fonction pour aiguiser nos sens et une douzaine de fonctions de sécurité géniales.

Ça alors!

C'est TOUT ce que tu trouves à dire? Ça alors?
Non.

On l'essaie?

Un peu d'aide, s'il te plaît. Ce n'est pas évident d'enfiler ce costume.
Seulement si tu cries un truc comme « ACTIVATION DE LA CONFIGURATION CANINE ».
ACTIVATION DE LA CONFIGURATION CANINE!
ZZZT
ZZZT

OUAIS! ON Y VA!
ON EST TROP GROS POUR LA CHATIÈRE.

Je vais fabriquer une sortie secrète.

On est coincés, hein?

Oui. LITIÈRE? AU SECOURS!

Ne t'en fais pas.
Je les ai sauvés. Et ils sauvent la ville depuis ce jour-là!
MEILLEURS
AMIS

Pas maintenant, bien sûr. Mais je suis certaine que ça ne durera pas.

Du moins, je l'espère.

Ne répète à personne ce que je t'ai raconté.
Surtout pas à quelqu'un de MÉCHANT!

# CHAPITRE SEPT

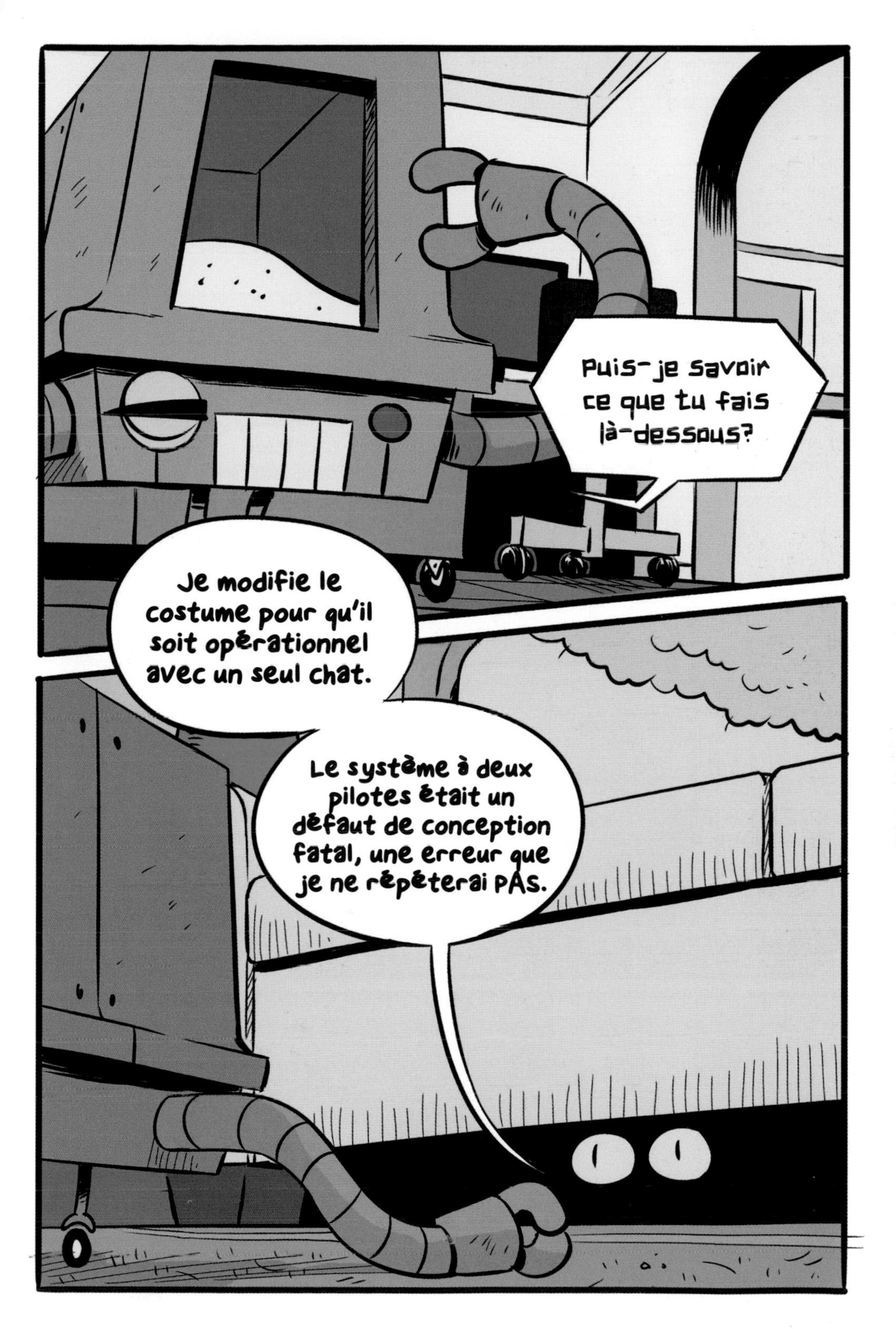
Puis-je savoir ce que tu fais là-dessous?
Je modifie le costume pour qu'il soit opérationnel avec un seul chat.
Le système à deux pilotes était un défaut de conception fatal, une erreur que je ne répéterai PAS.

Veux-tu entendre une blague? Toc, toc!
C'est un vendeur de sonnettes. Je connais toutes tes blagues. Je les ai programmées.

même celle sur...
La vache chatouilleuse qui donne de la crème fouettée? Oui.

Je m'ennuie de Charlie.
Je peux te programmer pour t'éviter ça.

Si tu veux te rendre utile, passe-moi un tournevis numéro six.
Allô?

Princesse t'aime beaucoup!
HA! HA! MINOU!

OUF!
Je veux dire... RONRON.

Si tu as l'approbation de Princesse, nous sommes d'accord!
Reste aussi longtemps que tu voudras.

Allons chercher de la nourriture pour ce joli minet.
AMOUR
TOUJOURS

Tu vois? Je te l'avais dit! Bel endroit, non?
Pourquoi ont-ils cette odeur familière?

C'est le bébé que tu... Je veux dire que ZAP a sauvé du puits.
Ah oui! Mais... Je les ai déjà vus ailleurs.

Écoute, tu as de la CHANCE d'être ici. Profites-en! Ne réfléchis pas trop. C'est le problème de l'AUTRE chat.

Elle n'est pas si mal.

SOUPER! Qui veut du thon?
Je ne dirais pas non!
Je pense que « miaou » veut dire « oui »!

YÉ! Bon minou!
MIAM MIAM
Si tu le dis, petite!
EXCELLENT! Ça devrait suffire!
HÉ! Tu apprends à parler TRÈS VITE!
Merci du compliment.
Attends. Tu COMPRENDS ce que je dis?
Princesse sait TOUT!
Je reconnais l'odeur, maintenant. Eau de Javel et un truc que je n'ai jamais pu identifier.
Le labo.
miaou
miaou
wouf
kaï kaï
merouaw
miaou
rrrr
ouaf
miaou
ouaaaah
ouaf

Il se souvient de nous! C'est gentil!
Le sérum de vérité dans la nourriture devrait agir bientôt.

RECULEZ! Vous ne pouvez pas m'empêcher de partir!
Pour être honnête, vous le pourriez. Je me sens TRÈS FAIBLE et étourdi.

FRRR
ENVELOPPE-LE!
Cette couverture est faite d'ACIER RENFORCÉ. Tu ne pourras pas t'échapper ni me griffer la jambe, cette fois!
KSSSSSSS!
Bon, parlons du costume de chien. C'est impressionnant. Comment l'as-tu construit?
C'est Augusta qui l'a fait.
Vos expériences sur son cerveau l'ont rendue SUPER BRILLANTE.

On dirait qu'on a attrapé le plus STUPIDE des deux.
Oui, en effet.
GRRR! JE DÉTESTE LE SÉRUM DE VÉRITÉ!
Robot! Va chercher l'autre chat et détruis TOUS les obstacles sur ton passage.
CLANG
Je vais vous donner l'adresse!
CLANG
CLANG
DÉSOLÉ! Pas de ma faute! Quand ils testaient des moyens de contrôler l'esprit des animaux, ils ont mis une puce dans ma tête!
NON, Stef!
Maintenant, je fais tout ce qu'ils m'ordonnent.
Tu es un MONSTRE.
Tu ne te doutes PAS à quel point.

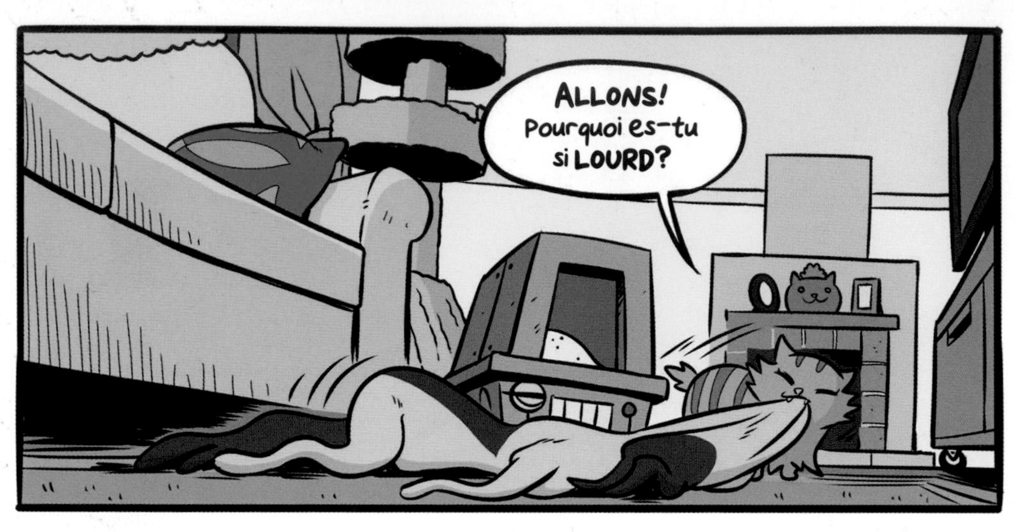
ALLONS! Pourquoi es-tu si LOURD?

As-tu fini? Il ne me semble pas très différent.
C'est parce que tu ne comprends pas les détails SCIENTIFIQUES...
Tu vois, ceci...

Ça ne marche pas sans Charlie.

CRAAAAAAÇ!
Ne résistez pas! Le chat doit venir avec ce robot. Les autres **seront détruits.**
QUOI?
KSSSS!

RENDS-TOI, INTRUS!
Attention!
Ne t'inquiète pas pour moi. Je vais m'occuper de ce GROS TAS DE BOULONS!
Ah!
TCHAC
CROUNCH
TONK
LITIÈRE!

Désolée...
j'ai été...
trop lente.
Litière?
Litière?

NON...!

Tu peux m'accompagner de deux façons : avec ou sans douleur!

Allons-y avec la DOULEUR...
BOÏNG!
YOINK!
01001111 01010101 01000011 01001000!
Tu a été surpris par le tapis électrique?
C'est tout un choc, hein?
BZZZZZZZZZZZZZ

CLANG

Voyons si ta carte mère a survécu à ça...
POP!

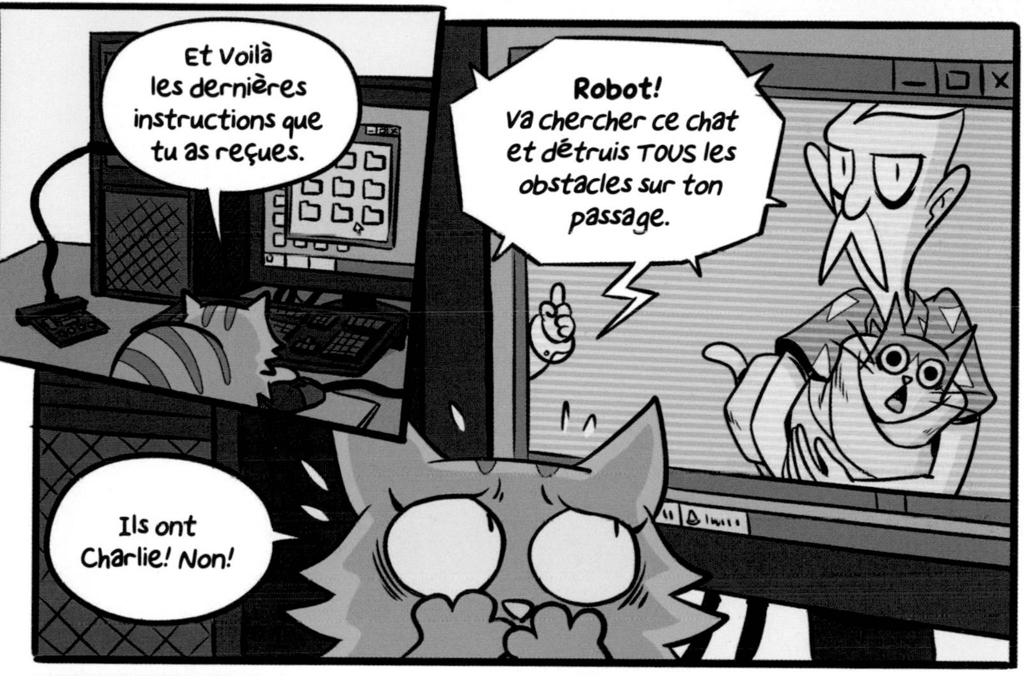
Et voilà les dernières instructions que tu as reçues.
**Robot!** Va chercher ce chat et détruis TOUS les obstacles sur ton passage.
Ils ont Charlie! Non!

Pourvu qu'il ait un système GPS pour que je sache D'OÙ il est venu!
CLAC
CLAC CLAC

JE L'AI! Je viens, mon ami!

JE...
J'ARRIVE.

# CHAPITRE HUIT

OUF! AH!

ALLONS! Tu peux le faire! C'est JUSTE du gazon!

La clôture!

HOP
HOP!

Bon! Tu es dehors, mais tu ne touches PAS le sol!

L'herbe est loin EN BAS. Elle ne peut pas te faire de mal!
Continue!

Tu es dans un ARBRE! Ce n'est pas le sol non plus. Bravo!
Mais je dois aller au nord, et vite!

Oh non! C'est insensé!
AUTOBUS SCOLAIRE

Tu es FOLLE! Je RESPECTE ça!
Stupide retour en arrière!

KA-TONK
AAAAAAAH!!

Ce n'était qu'un petit cahot.
Tout va bien!

AAAAAAAAAAH!
AUTOBUS

Oh non! Mon sac à dos!
FOUMP!
NON! PAS LUI!
SCRIIIII!
HÉ!
BAM

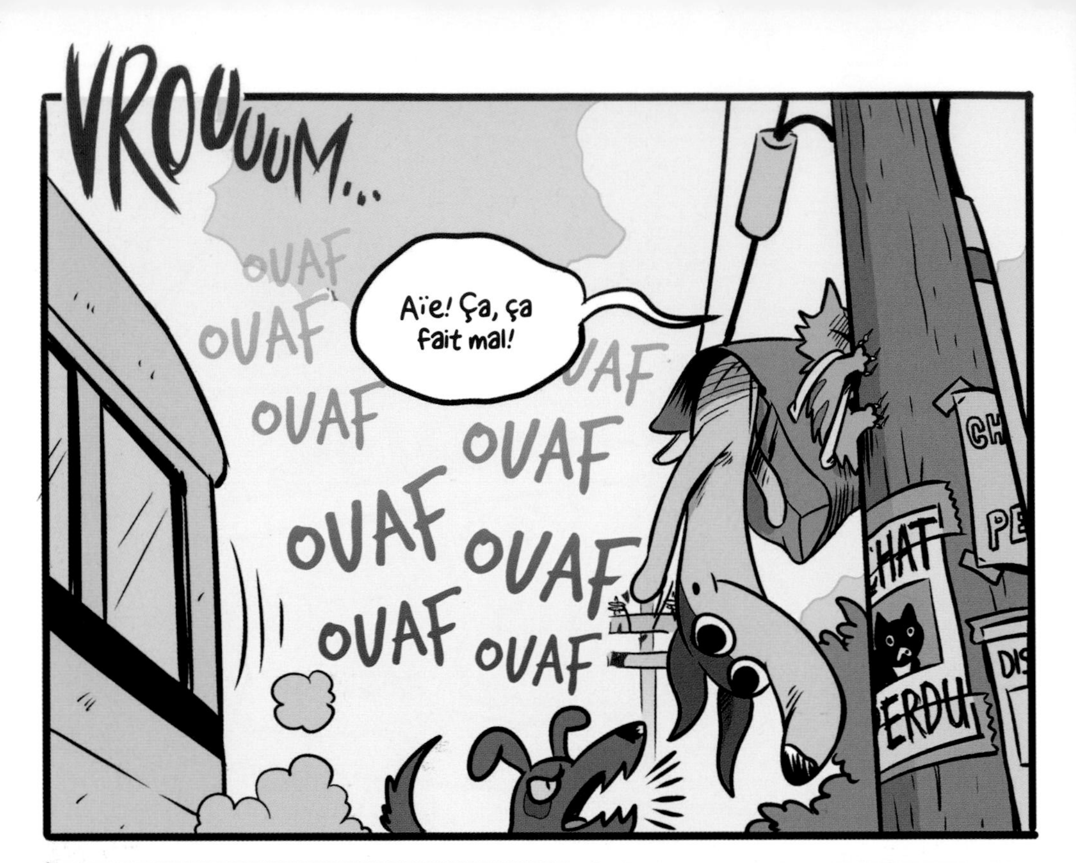
VROUUUUM...
OUAF
OUAF
OUAF
OUAF
OUAF
OUAF
OUAF
OUAF
OUAF
Aïe! Ça, ça fait mal!
CHAT PERDU

JE SUIS DANS LE PÉTRIN! VA-T'EN!

KAÏ
KAÏ
KAÏ!
ouais, c'est ça, kaï, kaï, kaï!

Comment font les chats d'extérieur? C'EST HORRIBLE!
Bon, selon l'emplacement indiqué dans le robot, Charlie devrait être...

ICI!

Une fenêtre ouverte. Je vais entrer, trouver Charlie et déguerpir aussitôt.

QUOI?

MMPH!
OUAF OUAF!
WOUF!
MIAOU!
MMPH!

Stef? Que s'est-il passé?
NE T'APPROCHE PAS DE LUI! C'EST UN MÉCHANT!

Ou un animal sous contrôle mental. On va essayer de le réparer plus tard.
Contrôle mental?
C'est une longue histoire.

Donne-moi la version courte.
Les MÉCHANTS du labo vivent ici!
Ils m'ont drogué et mis en cage. Mais la cage avait le même type de serrure qu'avant.

J'ai appris à crocheter ces trucs bien avant de te rencontrer.

J'ai libéré les autres animaux, puis j'ai surpris ces deux-là et Stef.
Que fais-tu ici?
Je suis venue te SAUVER!

Tu as fait ça pour MOI? Tu es sortie DEHORS?
Oui.

Je n'en reviens pas.
Je n'en reviens pas de ce que TU as fait ici! Tu es SUPER!
BOP!

QUE SE PASSE-T-IL ICI?
Ah oui! Je l'avais oubliée. Cette PETITE est SUPER MÉCHANTE.

ABRUTIS!
TCHAC

HÉ! Merci, Princesse! C'était difficile de ne pas parler.

Je voulais qu'un CERVEAU GÉNIAL dirige mon armée d'animaux, mais vous créez **TROP DE PROBLÈMES,** vous deux!
**GRRRR!**
Ouais, **GRRRR!**
GNAN GNAN

On a fait assez d'expériences sur l'écureuil. Ça devrait suffire!
Oh! Une promotion!

Voici le DOMINATEUR! Il est pourvu d'une prise universelle pour télécharger de la musique.
Génial! Un peu grand, mais je vais m'habituer.
Qu'est-ce qu'on fait?
Avec ça, l'écureuil peut diriger TOUS les animaux de la TERRE! Et puisque je le contrôle...
Fais-les se battre ensemble!
Compris!
Tu as envie de te battre?
Non.
Les expériences menées sur vous ont dû vous immuniser!
Ou on est juste coriaces.
TRÈS BIEN! Appelle autant de chiens que tu peux!
D'accord!

Bon, c'était bien amusant, mais on s'en va maintenant!
Votre carrosse, Princesse.

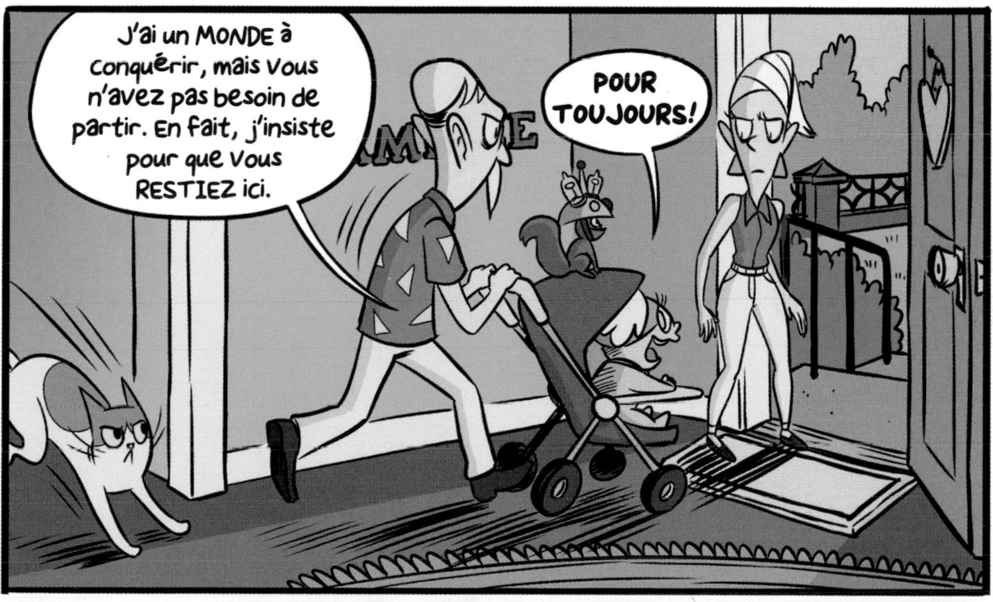
J'ai un MONDE à conquérir, mais vous n'avez pas besoin de partir. En fait, j'insiste pour que vous RESTIEZ ici.
POUR TOUJOURS!

Tu n'iras...

Bravo, Stef. Peux-tu dire aux chiens de faire UNE DERNIÈRE chose pour ta princesse?
nulle part.

Dis-leur de METTRE TES AMIS EN PIÈCES.
Non. Je ne peux pas. Je...
stef?
ZZZT
OUI, PATRONNE!
À L'ATTAQUE!
GRRR
OUAF
YIP!
YIP!
AAAAH!
ARF!
OUAF
AH!
OUAF

# CHAPITRE NEUF

Si seulement on avait le costume...
Je l'ai! J'en ai fait un nouveau! Il est dans mon sac.

Quand allais-tu me le dire? À mon ANNIVERSAIRE?
Avec toute cette agitation, j'ai oublié!

OUUUUF! C'est là où vont mes pattes!
Pardon. C'est difficile de l'enfiler sans l'aide de Litière.

Prête?
Non!
Mais allons-y quand même.

OUAF!

OUAF!
WOUF!
WOUF!
KAÏ KAÏ
YIP! YIP!
OUAF!
OUAF!
OUAF!

Ils leur ont dit d'attaquer des chats. On les a embrouillés en étant aussi un chien!
Activons les capteurs d'odeurs pour trouver la trace de Stef.
Oui, je le sens! J'étais fâché qu'il mange tout notre beurre d'arachide, mais c'était une bonne chose, finalement.
Je vais quand même lui demander de le remplacer après avoir réglé le compte de Princesse et de ses... hum, que sont-ils? Des comparses? Des acolytes? Des complices?
Des serviteurs? Des suppôts? Des stagiaires?
Demandons-leur après les avoir tabassés.
D'accord!

Attends. Regarde autour de nous.
Je ne vois rien.

Exactement! Où sont les gens?
Oui, c'est sinistre. Et qu'est-ce que j'entends?

Montons plus haut!

ZOUM!

Les animaux! Ils ont EMPRISONNÉ tous les gens!

Quel est votre PROBLÈME? Voulez-vous mes ordures? PRENEZ-LES!
SSSSSSS!
SSSS!
Ces chats ne nous laissent PAS sortir. Est-ce parce qu'on a acheté de la nourriture en solde pour Gribouille?
KSSSS!
RRRRR
D'où sortent ces CANARDS?
COIN COIN!
Ici Denise Dion, en direct, coincée par des CHEVREUILS FURIEUX!
Nous n'avons AUCUNE explication sur le comportement hostile de tous ces animaux!

AAAAAH!
OUAF! OUAF!

C'est zap!
DERNIÈRE HEURE
Est-il là pour nous aider?

Attends-tu que je te remercie?
Est-ce que je peux la mordre, juste un peu?
Non.

ATTENDS! où vas-tu?
SUIVONS CE CHIEN!

Je crois savoir où mène l'odeur de stef.
J'espère que c'est un resto de sushis!
ZOO
BILLETS
LLETS
Oh non!
Oh OUI!
ZZZT
ZZZT
ZOO T.V.

Regardez, les amis! Je passe à la télé! BONNE NOUVELLE! Princesse m'a fait essayer mon casque sur tous les animaux du zoo, et IL FONCTIONNE PARFAITEMENT!

On va connecter Stef sans fil à la tour de radiodiffusion au centre du zoo, l'hypercharger et envoyer un signal qui contrôlera TOUS les animaux du MONDE.

Mais je ne veux pas vous ENNUYER avec les détails.
Je veux juste vous remercier pour TOUT ce que vous avez subi comme tests. Votre douleur et vos sacrifices ne seront pas oubliés.

On va t'ARRÊTER!

Je ne t'entends pas. Je suppose que tu as dit un truc héroïque.
Vas-y, FAIS DE TON MIEUX! On mettra peut-être ton beau costume dans un MUSÉE.
CARTE DU ZOO

Bon, si vous me cherchez, je serai sous la tour.
Voici une carte pour savoir comment y aller. Alors, sois un bon chien et VA CHERCHER!
ZOO
Mort
Mort!!
Non
Non
Mort
Mort certaine
N'allez pas là!
ENTRÉE
CADEAUX
Non!!!
Vous êtes ici
SORTIE
ZOO
CARTE DU ZOO
STATIONNEMENT

Je n'ai jamais appris à lire. Qu'est-ce que ça dit?
Ça dit d'aller leur **BOTTER LE DERRIÈRE!**
ZOO

C'est un bon plan!

# CHAPITRE DIX

Bon, on est assez loin. Les alligators ne courent pas sur de longues distances.
HIIIIII
HIIIIII
AAAAAH! D'ADORABLES PETITS SINGES!!!
HIIIIII
ACTIVATION MODE SECOUEMENT!
FRRRT
FRRRT

Oups!
AAAAH! UN GORILLE!
Un GRAND SINGE, je sais! Continue comme ça et je vais le laisser NOUS TUER!
Un mandrill n'est pas un gorille, c'est...
ZOUM!
AAAAAAAH!!
Au moins, il nous a lâchés. C'est bien.
Tu disais?
Je disais : « AAAAAAH »!

Pauvre chien!
Je me fiche de ce qu'ils disent à la télé. Il ne mérite pas ÇA!
Devrait-on sauver ces gens? Princesse doit les avoir enfermés quand elle a envahi les lieux.
Ils sont plus en sécurité comme ça. Pour l'instant, essayons de ne pas NOUS faire MANGER.
Que dirais-tu du jet de mousse?
C'est fou! BONNE IDÉE!
PSCHIIIT!
BRAVO!
VAS-Y, ZAP!
OUAIS!
YAHOU!
YÉ!
YÉ!

J'entends des cris par là!

La situation s'améliore!
Tu sens mauvais, en passant. Une odeur de banane et de caca!
ZOO

ALLEZ, VIENS!

Personne à nos trousses. La tour est-elle encore loin?

La voilà!
Je savais qu'on y arriverait. En équipe, rien ne nous arrête!
ZOO
Café de la tour
GRRRRRRRRRRRR...
Dis donc, tu ronronnes FORT quand tu es contente!
Ce n'est pas un ronron, mais un grognement. Et je ne...
GROOARRR

AAAAAAH!
GRO OARRR
HÉ! LE LION! Ne la regarde pas! Regarde-MOI!
Es-tu le lion de l'émission de télé? Je suis un admirateur!
Ce n'est pas vrai. Ce n'est pas vrai.
Mais oui! C'est vrai!
Ce que J'AIME, c'est qu'un lion s'apprête à TE MANGER, mais toi, tu as peur du GAZON.
N'est-ce pas **tordant**?
Il fallait être là, je suppose.
Tu ES... Euh... oublie ça!

Tes dernières paroles?

Quelqu'un a-t-il compris?

Répète ça! Prends ta voix d'EXTÉRIEUR!

Je vais voir ce qu'elle dit.
J'ai dit...

J'AI TON CASQUE!

BIEN JOUÉ!
Dépose mon ami. Doucement.

Oh non! Tu m'as déjouée! MALÉDICTION!
TU AS GAGNÉ...

sauf si le casque est codé pour l'ADN de l'écureuil. Et... surprise!
Il l'est!
OUF!

AUGUSTA!
MERCI! Tu avais fière allure avec ce casque. Tu as une tête à chapeau!

PO NK
AÏE!

TU NE VAS PAS T'EN SORTIR COMME ÇA!
BIEN SÛR QUE OUI. On est juste deux chats idiots, et elle est une extraterrestre géniale qui va contrôler TOUS les animaux de la terre! On n'a aucune chance. ELLE A GAGNÉ.

Tu vois? C'est ELLE la plus brillante.
Stef! Finissons-en! Où est l'éléphant que j'ai vu tout à l'heure?

J'adore ces bêtes! Je veux en avoir sur MA planète.
Sois gentil et ÉCRABOUILLE ces chats, d'accord?

JE T'EN PRIE. Ce sont mes **amis.**
Tu t'en feras d'autres. Maintenant, ÉCRASE-LES!

Désolé de t'avoir entraînée là-dedans.
C'était amusant. À part ÇA.

Est-ce que... Est-ce que l'éléphant danse?

Ils dansent TOUS! Stef! Qu'est-ce qui se passe?

Ah oui. On ne peut pas entendre la musique. Litière, y a-t-il des haut-parleurs dans le casque?
Il y a des transmetteurs télépathiques réglés sur la fréquence du cerveau des animaux! Je crois que je peux rendre la chanson audible!
Ouais! J'adore cette chanson!

LITIÈRE? Le robot n'a pas détruit ce truc?
Son corps, oui.

Mais je garde toujours une copie de la mémoire de Litière dans mon ordinateur.
COPIE
100%
Tu as mentionné que Dominateur avait une prise universelle.
CLIC
Quand j'avais le casque sur la tête, j'ai téléchargé le programme de Litière.

Et Litière
ADORE les soirées
de danse!

Mais seul STEF devrait pouvoir le contrôler!
Non, tu l'as conçu pour qu'il fonctionne quand l'ADN de stef l'active. Il le porte en ce moment.
sauf que c'est Litière qui le contrôle!

Peux-tu arrêter la d-d-danse?

Compris! Lâche Charlie, s'il te plaît!
Fiou!

Peux-tu trouver la puce de contrôle mental dans la tête de stef et la débrancher?

On est sur la même longueur d'onde!
SHOOOUM

Je... je peux penser par MOI-MÊME.
TOI.
Doucement!
Café d

CE QUE TU M'AS FAIT FAIRE À MES AMIS...
CLIC CLIC CLIC
AAAAH! AIDEZ-MOI!
SCRATCHE!
POC!
OUI! MORDS-LA!
GNAN!
ON L'A TOUJOURS DÉTESTÉE!

TCHAC!
TRAÎTRES!
CLIC
BLOUP! BLOUP!

BEURK! DÉGUEU!

Je ne suis pas la seule CINGLÉE, hein? Cet ours qui nous gardait captifs s'est mis à danser le nae nae, n'est-ce pas?

Le costume est tout déchiré.
J'ai du ruban adhésif à l'intérieur. Voyons ce qu'on peut faire.

Bon, les copains, retournez dans vos enclos. On fera une révolution un autre jour pour renverser l'espèce humaine!

FRR...
Tu vas QUELQUE PART?
Euh... je viens te voir pour rendre les armes gentiment...

Que fais-tu à ce bébé?
Je n'ai jamais pensé à ça. Que va-t-on faire d'elle?

OUIIIIINN! JE VEUX MA MAMAN!
pfff!
Je continue de filmer?
Pendant que je sauve un bébé? OUI!
OUIN! MÉCHANT TOUTOU!
AÏE!
SCRATCH

Qu'est-ce que c'est?
Mon bracelet de camouflage génétique! RENDS-LE-MOI!

SCRATCH

JE PEUX TOUT EXPLIQUER!
AAAAAAH!!

Es-tu une extraterrestre?
QUOI? Pourquoi dis-tu ÇA?
Je ne juge pas les gens sur leur apparence, mais ouache!

Mission ratée! Extraction demandée! MAINTENANT!

ZIIIIIII!

CLAAANG
Z
Café de la

VOUS NE M'AVEZ PAS VAINCUE. **JE VAIS REVENIR.** ET CE JOUR-LÀ, VOUS **REGRETTEREZ** D'AVOIR RÉSISTÉ...
POC
POC
POC
OUILLE!
OUILLE!
OUILLE!
OUILLE!
OUILLE!
OUILLE!
OUILLE!
OUILLE!
OUILLE!

Vous...
Vous l'avez vu de vos propres yeux, chers téléspectateurs. Un objet volant non identifié vient d'emporter ce qui SEMBLE être un extraterrestre.
Ici Denise Dion, en direct du zoo.

Le casque est brisé. Qu'est-ce qu'on fait? Veux-tu qu'on reste pour recevoir des remerciements?
Non, ça va aller.

ZOO
Sortie

Tu viens?
Après TOUT ce que j'ai fait? Non, vous serez mieux sans moi.

Dommage, on allait manger.
Manger? J'ADORE MANGER!

OUAIS!

# CHAPITRE ONZE

Finalement, tout s'est bien terminé.

Denise est devenue célèbre pour avoir montré LE PREMIER EXTRATERRESTRE à la télévision.
Elle est présentatrice de nouvelles maintenant.
CHAÎNE 7
7
INFOS
DENISE DION

Princesse est partie. Je ne sais pas ce qui lui est arrivé...
On t'avait pourtant dit de ne pas TE SAUVER POUR ENVAHIR D'AUTRES PLANÈTES!
Tu es punie! Tu resteras dans la fosse de la HONTE pour les MILLE PROCHAINS KLOMPARS!
Zut! Pas juste!

Que dis-tu?
Tu t'inquiétais pour moi?
Tu pensais que j'avais été DÉTRUITE?

Je t'ai dit au début que c'était MON histoire.

Augusta m'a reconstruite et j'ai même eu droit à quelques améliorations.
Qui veut un LAIT FRAPPÉ AU BEURRE D'ARACHIDE?
VRRRR
MOI! MOI! J'AI LEVÉ LA MAIN!
LAIT

Quant à Charlie et Augusta...
YÉ! C'est AMUSANT de se rouler dans l'herbe!
N'est-ce pas?

Dernière heure!
Une GRANDE ROUE s'est détachée et roule vers l'autoroute en pleine heure de pointe!
DIRECT

VOS SERVICES SONT REQUIS!
Oh! Encore quelques minutes!
Viens, ON Y VA!

ZZT
ACTIVATION DE LA CONFIGURATION CANINE!
ZZT
ZZT

PTOUUU!

HOLÀ! Pas si vite! Vous renversez mon lait frappé!

ALLEZ-Y, LES TIGRES!
FIN

**IAN BOOTHBY** écrit des textes humoristiques pour la télévision et la radio depuis l'âge de treize ans, et a commencé à créer des bandes dessinées à seize ans. Il est l'un des auteurs de *Futurama*, des *Simpson*, de *Mars attaque*, de *Scooby-Doo*, des *Super nanas* et de *Flash*. Il a aussi remporté le prix Eisner avec Nina Matsumoto pour la meilleure histoire courte.

**NINA MATSUMOTO** est une Canadienne d'origine japonaise qui a grandi en dessinant surtout des animaux, puis surtout des gens, avant de revenir aux animaux pour ce livre. Elle dessine les bandes dessinées des *Simpson* et crée des tee-shirts aux motifs de jeux vidéo pour Fangamer. Elle a créé sa propre série de mangas, *Yokaiden*, et illustré *The Last Airbender Prequel: Zuko's Story*. En 2009, elle a remporté le prix Eisner avec Ian Boothby, et ils collaborent depuis ce jour. Elle vit avec un shiba inu plutôt réservé, qui est probablement un chat dans un costume de chien.

**DAVID DEDRICK** a écrit et dessiné des images humoristiques toute sa vie. Il vit avec sa femme, ses deux filles, deux chiens, un chat et un poney. Ce livre est sa première expérience de mise en couleurs. Et son poney ne vit pas dans la maison.